グルメ小《しょう》学《がく》生《せい》

パパのファミレスを救《すく》え！

次良丸 忍・作　小笠原智史・絵

もくじ

1 土曜《どよう》の朝《あさ》から大《おお》さわぎ 6
2 閉店《へいてん》のへきれき？ 20
3 子《こ》どもグルメチャンピオンへの道《みち》 33
4 ご当地《とうち》グルメグランプリ開幕《かいまく》！ 46
5 ○×クイズを突破《とっぱ》しろ 57
6 激闘《げきとう》、決勝《けっしょう》ラウンド！ 69

7 ラッコからの挑戦状《ちょうせんじょう》 84

8 手《て》がかりをさがせ！ 97

9 一路《いちじ》もどれば……？ 108

10 短歌《たんか》の正体《しょうたい》 123

11 旅《たび》は終《お》わり、そしてまた…… 136

全国《ぜんこく》ご当地《とうち》グルメ 154

あとがき 156

おもな登《とう》場《じょう》人《じん》物《ぶつ》
ママ
パパ
カレン
ユキネエ

マスエばあば
ラッコ
ノンタ
猿田《さるた》
浮間《うきま》

1 土曜《どよう》の朝《あさ》から大《おお》さわぎ

「くぅー、おいしい！」

いつもの土曜《どよう》の朝《あさ》。カレンは、焼《や》きたてのオープンサンドをほおばり、にっこりとほほえんだ。

南《みなみ》に向《む》いた大《おお》きな窓《まど》からは、太陽《たいよう》の光《ひかり》がダイニングルームいっぱいにそそぎこみ、ツツピーツツピーという小鳥《ことり》の声《こえ》が聞《き》こえてくる。

ここは東京《とうきょう》の高級住宅街《こうきゅうじゅうたくがい》、サンセットヒルズ。

もともとは夕日ヶ丘《ゆうひがおか》ニュータウンという、どこか昭和《しょうわ》のにおいのただよう名《な》の町《まち》だった。それが、交通《こうつう》の便《べん》のよさと、名前《なまえ》の通《とお》り夕日《ゆうひ》がきれいな景色《けしき》のよさにひかれ、大企業《だいきぎょう》の社長《しゃちょう》や、世界《せかい》をまたにかけ活躍《かつやく》する俳優《はいゆう》たち、つまり大金持《おおがねも》ちたちが、たくさん住《す》むようになった。そしていつのころからか、アメリカのビバリーヒルズをまねて、サンセットヒルズとよばれるようになったのだった。

そのサンセットヒルズのほぼ真《ま》ん中《なか》に建《た》つ、ひときわ大《おお》きな白《しろ》い壁《かべ》の豪邸《ごうてい》。それがカレンこと、星香学園《せいかがくえん》、初等部《しょとうぶ》四年《ねん》の鳳条華蓮《ほうじょうかれん》の家《いえ》だ。

カレンのパパは、全国《ぜんこく》に店《みせ》を持《も》つファミリーレストランチェーン「キッチンおおとり」の社長《しゃちょう》。つまりカレンもまた大金持《おおがねも》ち、いわゆるセレブの一人《ひとり》なのだった。

ファミレスの社長《しゃちょう》の娘《むすめ》だからというわけではないが、食《た》べ物《もの》について、カレンはちょっとうるさい。いつだって、おいしいものを、たくさん食《た》べたいと思《おも》っているのはもちろんのこと、近《ちか》ごろは食《た》べるだけではあきたらず、創《そう》作料理《さくりょうり》にもはまっていた。

今食《いまた》べているオープンサンドも、レシピからカレンが考《かんが》えたもの。オーガニック素材《そざい》にこだわった厚切《あつぎ》りの食《しょく》パンに、アボカドとトマトとカリカリにいためたベーコン、それにチーズをのせてオーブンで軽《かる》く焼《や》く。これがこのところのカレンの、お気《き》に入《い》り朝食《ちょうしょく》メニューだ。チーズがとろりととけて、あっつあっつなのを、はふはふとほおばるのが、最高《さいこう》においしい。

野菜《やさい》やベーコンの組《く》みあわせは、もちろん自分《じぶん》で考《かんが》えた。いろんな食材《しょくざい》を使《つか》って試《ため》して、一週間《しゅうかん》かけてたどりついた自信作《じしんさく》だ。野菜《やさい》にかけてあるソースも、カレンが研究《けんきゅう》を重《かさ》ねてつくったもの。なにが混《ま》ぜてあるかは秘密《ひみつ》だが、ハチミツがかくし味《あじ》らしい。

「もうアボカドにベーコンなんて、べたな組《く》みあわせなんだけど、やっぱり

HONEY

定番《ていばん》の味《あじ》って、あなどれないよね。おいしさの追求《ついきゅう》こそ、わたしの人生《じんせい》のテーマ。ねえママ、やっぱりわたし、将来《しょうらい》は料理研究家《りょうりけんきゅうか》になろうかな」

いいながらカレンは、三枚目《まいめ》のオープンサンドに手《て》をのばした。

すると、ラズベリージャムがのったヨーグルトを食《た》べようとしていたママが、あわててカレンの手《て》をつかんだ。

「ちょっとカレン。くいしんぼうなのは、しかたないけど、いくらなんでも食《た》べすぎでしょ」

「えー、だっておいしいんだもん。パパの分《ぶん》なら、また焼《や》いてくるからいいじゃん。どうせまだ電話《でんわ》は終《お》わらないし」

カレンはちらりと、パパの声《こえ》が聞《き》こえる、ろうかの方《ほう》に目《め》をやった。どうしたわけだか朝早《あさはや》くから何本《なんぼん》も電話《でんわ》がかかってきて、パパは、なかなか朝食《ちょうしょく》にありつけずにいた。

カレンはママの手《て》をほどくと、オープンサンドに手《て》をのばした。しかしまたしても、お皿《さら》の前《まえ》でブロックされてしまった。

「そうじゃなくって、あなたの体《からだ》のこと。朝食《ちょうしょく》をしっかり食《た》べるのはいいことだけど、そんな高《こう》カロリーなもの、いったいどれだけ食《た》べるつもりなの。料理研究家《りょうりけんきゅうか》になりたいんだったら、そういうことも考《かんが》えなさい」

「でも土曜《どよう》はいつもとちがって、午前中《ごぜんちゅう》はピアノだし、午後《ごご》からはスイミングもあるから、体力必要《たいりょくひつよう》なんだもん。食《た》べざかりの子《こ》どもが、カロリーなんか気《き》にしてられないよ」

いいかえすカレンに、ママはふうとためいきをついた。

「先週《せんしゅう》の土曜《どよう》もそんなこといって、おなかいっぱい食《た》べすぎたのは、どこのどなたでしたっけ。ピアノの前《まえ》でげっぷしてたって、先生笑《せんせいわら》ってたわよ」

「げっぷなんかして……」

顔《かお》を赤《あか》くしてカレンが反論《はんろん》しかけたところに、パパが、スマホを持《も》ったまま、ダイニングにもどってきた。

「まったく会長《かいちょう》のせいで、朝《あさ》めしも落《お》ちついて食《た》べられないよ」

パパは、カレンのとなりのいすに、どかっと腰《こし》かけ、すっかりさめたコーヒーに手《て》をのばした。

「会長《かいちょう》って、マスエばあばのこと?」

カレンがたずねると、パパはコーヒーをぐいっとのんで、小《ちい》さくうなずいた。

マスエばあばとは、「キッチンおおとり」の親会社《おやがいしゃ》、井田垣《いたがき》ホールディングスの会長《かいちょう》、井田垣《いたがき》マスエのことであり、カレンのママのママ、つまりカレンのおばあさんのことでもある。

カレンにとっては、優《やさ》しいおばあさんだが、仕事《しごと》に関《かん》してはきびしくて、非情《ひじょう》なことで有名《ゆうめい》だ。マスエばあばの、ひたいのしわがぴくぴくと二回動《かいうご》くと、会社《かいしゃ》が一つつぶれるなんていううわさ話《ばなし》もある。

「マスエばあばが、なにをしたの？」

「あ、まあ……」

パパが口《くち》を開《ひら》きかけると、テーブルの上《うえ》のスマホから、ピロリロピロリロと着《ちゃく》メロが流《なが》れはじめた。

「はあ、今度《こんど》は常務《じょうむ》からの電話《でんわ》だ」

パパはためいきをつくと、スマホの画面《がめん》をつつきながら、またダイニングから出《で》ていった。いつもは一週間《しゅうかん》で一番《ばん》といっていいほど、のんびりしている土曜《どよう》の朝《あさ》なのに、今《いま》までこんなことは一度《ど》もなかった。

ただごとでなさそうなパパのようすに、カレンの心《こころ》は、だんだんとざわざわしてきた。

「ねえママ、いったいなにがあったの。マスエばあばが、なにかしでかしたの？」

カレンの問《と》いに、ママは、うーんとうなった。

「まあそうね……もっとがんばってとか、そういうことじゃないかな」

ぼんやりぼかしたママの返事《へんじ》に、カレンは口《くち》をとがらせた。

「えー、そんなことで土曜《どよう》の朝《あさ》から、パパのところにあんなに電話《でんわ》かかってくるわけないじゃん。もっとなにか、重大《じゅうだい》なことなんでしょ」

しかしママは、細《ほそ》いまゆをよせると、ぴしゃりといった。

「子《こ》どもは、そんな心配《しんぱい》しなくていいの。とにかく早《はや》く朝《あさ》ごはん食《た》べて、ピアノに出《で》かける準備《じゅんび》をしなさい」

「もう、こんなときばっかり、子《こ》どもあつかいするんだから。少《すこ》しぐらい教《おし》えてくれたっていいじゃない」

カレンはくいさがったが、ママは、にんまり笑《わら》った。

「さっき食《た》べざかりの子《こ》どもだっていったのは、だれでしたっけ」

「うっ、それはその……」

カレンはふてくされた顔《かお》で、ママをにらんだ。するとそのタイミングを、見《み》はからったように、ピンポーンとインターホンが鳴《な》った。

「あら、こんな朝早《あさはや》くから、本当《ほんとう》に今朝《けさ》は落《お》ちつかないわね。いったいだれかしら。家事代行《かじだいこう》の美園《みその》さんにしては、早《はや》すぎるわね」

ママはポンと手《て》をたたくと、カレンの視線《しせん》からにげるように、いそいそと立《た》ちあがった。

「はーい、どちらさまって……ええっ！」

ママは、びっくりした声《こえ》をあげた。壁《かべ》につけられたインターホンの画面《がめん》に、顔《かお》が見《み》えない黒《くろ》いヘルメットがうつっていた。

「あ、あの、どちらさま？」

「おばさん、わたし。幸路《ゆきじ》、ゆ・き・じ！」

インターホンから、大《おお》きな声《こえ》がした。

「えっ、幸路《ゆきじ》ちゃん、スクーターで来《き》たの？　顔《かお》の見《み》えないヘルメットかぶってると、だれだかわからないわよ」

幸路《ゆきじ》ちゃんというのは、ママのお姉《ねえ》さんの娘《むすめ》、暁幸路《あかつきゆきじ》のこと。今年《ことし》二十三歳《さい》で、カレンよりひとまわり以上年上《いじょうとしうえ》の、いとこである。「キッチンおおとり」の本社《ほんしゃ》に勤《つと》めるOL《オーエル》で、カレンはいつもユキネエとよんでいた。

「こんな朝《あさ》から、どうしたの」

「説明《せつめい》はあとでするから、とにかく門《もん》をあけて」

緊張《きんちょう》した幸路《ゆきじ》の声《こえ》に、ママもあわてて門扉《もんぴ》のカギをあけるボタンをおした。

「どうしたの、本当《ほんとう》に」

玄関《げんかん》に飛《と》びこむように入《はい》ってきた幸路《ゆきじ》に、ママはたずねたが、それには答《こた》えず、かぶったヘルメットをぬぐと幸路《ゆきじ》はいった。

「社長《しゃちょう》、いますか？」

「いるけど、ちょっと待《ま》ってくれる。今《いま》、電話中《でんわちゅう》なの。それにしても、いったい……」

いぶかしげにママがたずねると、幸路《ゆきじ》は少《すこ》し口《くち》をとがらせた。

「おばさんも、知《し》らないわけじゃないんでしょ」

「んー、やっぱりその話《はなし》のこと」

幸路《ゆきじ》の問《と》いかけに、ママは声《こえ》を低《ひく》くした。

「そりゃ、そうですよ」

「ユキネエもママも、なんのことだか、さっぱりわかんないんですけど」

ほおをふくらませたカレンが、二人《ふたり》の間《あいだ》にわってはいった。

「子《こ》どもには関係《かんけい》ないって、さっきから……」

「なんだ、さわがしいと思《おも》ったら幸路《ゆきじ》か」

居間《いま》のドアをあけて、パパが顔《かお》を出《だ》した。

「あ、社長《しゃちょう》！」

幸路《ゆきじ》はさけぶと、くつをけとばすようにぬいで家《いえ》にあがった。そしてカレンとママをおしのけるようにしてパパの前《まえ》に立《た》つと、丸《まる》めた新聞《しんぶん》をバッグからとりだし、ぐいっとつきだした。

「これ、どういうことなんですか」

「どういうことって」

「とぼけないでください。『キッチンおおとり』がなくなるって、本当《ほんとう》なんですか!?」

「えっ、えー！」

幸路《ゆきじ》のいった衝撃《しょうげき》の言葉《ことば》に、カレンは思《おも》わずさけんでいた。

2　閉店《へいてん》のへきれき？

「ユキネエ、いったいそれって」

目《め》を真《ま》ん丸《まる》にしてたずねるカレンに、幸路《ゆきじ》は持《も》っていた新聞《しんぶん》の記事《きじ》を指《ゆび》さした。

「昨夜《さくや》あった経済界《けいざいかい》のパーティーで、井田垣会長《いたがきかいちょう》が、『キッチンおおとり』をよその会社《かいしゃ》に身売《みう》りする、もし買《か》い手《て》がなければ全店閉店《ぜんてんへいてん》もあると話《はな》したって、ここに書《か》いてあるの」

「閉店《へいてん》！」

カレンは、思《おも》わず肩《かた》をすぼめた。

「そう。寝起《ねお》きのコーヒーふきだしそうになったわ。あわてて社長《しゃちょう》に電話《でんわ》したけど、ぜんぜんつながらないし、メールしようかとも思《おも》ったけれど、直接《ちょくせつ》聞《き》いた方《ほう》が早《はや》いと思《おも》って、スクーター飛《と》ばしてきたの。門《もん》の外《そと》には、マスコミらしい人《ひと》が何人《なんにん》かいたわ。もう社長《しゃちょう》、いったいどういうことなんですか。説明《せつめい》してください。まったく青天《せいてん》のへきれきって、こういうことをいうのね」

「青天《せいてん》のへきれきというか、『閉店《へいてん》のへきれき』だな。あはは」

「社長《しゃちょう》！　ふざけてる場合《ばあい》じゃないでしょ」

幸路《ゆきじ》にどなられ、たじたじになりながらパパは、頭《あたま》をぽりぽりかいた。

「いやいや失敬《しっけい》。とにかく玄関《げんかん》で話《はな》していても落《お》ちつかないから、いっしょに朝食《ちょうしょく》でもとりながら話《はな》そうよ。今《いま》の話《はなし》じゃ、まだなんにも食《た》べてないんだろ」

「あ、まあ、はい」

「カレン、あのお得意《とくい》のオープンサンド、幸路《ゆきじ》の分《ぶん》もたのむよ。けっこう、うまいんだよ。二、三枚《まい》ぐらい、ぺろりだぞ。あはは……いや笑《わら》ってる場合《ばあい》じゃないな」

社長《しゃちょう》の言葉《ことば》に、カレンと幸路《ゆきじ》は顔《かお》を見《み》あわせ、しかたないなと肩《かた》をすぼめたのだった。

カレンが、焼《や》きたてのアボカドとベーコンのオープンサンドを、ダイニングに運《はこ》んでくると、パパと幸路《ゆきじ》の話《はなし》は、もう始《はじ》まっていた。

「つまりこの発言《はつげん》は、会長《かいちょう》の本心《ほんしん》ではないということですか？」

幸路《ゆきじ》の問《と》いに、パパはうんとうなずいた。

「じゃあ、どうしてこんなウソを」

「いやいや会長《かいちょう》も、べつにウソをついているわけじゃないんだ。このところわが社《しゃ》の売《う》り上《あ》げが落《お》ちているのは事実《じじつ》だしね。でも新聞《しんぶん》にも書《か》いてあるだろ、〈この言葉《ことば》を字面通《じづらどお》りに受《う》けとることはできないが〉って。『キッチンおおとり』、もっとがんばれという、いってみれば激励《げきれい》みたいなものだということだよ」

「そんなことなら、なにもマスコミが集《あつ》まっている場《ば》で話《はな》さなくても、内々《ないない》にしたらいいことじゃないですか。こんなまわりくどいことして、寝耳《ねみみ》に水《みず》じゃ社員《しゃいん》は動揺《どうよう》するし、取引先《とりひきさき》の信用《しんよう》を失《うしな》うし、株価急落《かぶかきゅうらく》ですよ」

「まあそうだね。どんな腹《はら》づもりか知《し》らないけれど、いろいろと影響《えいきょう》が出《で》るから、少《すこ》しつつしんでくれるよう話《はな》してみるよ」

「そうですよ。わたしだってせっかく念願《ねんがん》の商品企画部《しょうひんきかくぶ》に配属《はいぞく》になって、よーしがんばろうって気持《きも》ちだったのに……」

幸路《ゆきじ》はふうとためいきをつくと、カレンが焼《や》いたオープンサンドに手《て》をのばした。

「ん、あつっ、けどおいしー！　なにこれカレン。ソース絶妙《ぜつみょう》！　ベーコンのカリカリ具合《ぐあい》も最高《さいこう》だよ」

絶賛《ぜっさん》する幸路《ゆきじ》に、真面目《まじめ》な顔《かお》でカレンがいった。

「ねえユキネエ、たとえばこれを『キッチンおおとり』のメニューに加《くわ》えるってことは、できないの？」

幸路《ゆきじ》は、大《おお》きな目《め》をぱちくりさせてカレンを見《み》た。

「え、いきなりいわれても、たしかにおいしいとは思《おも》うけど……」

「まあ、このオープンサンドじゃなくてもいいんだけど、たとえばってこと」

「ん……カレン、なにがいいたいの？」

カレンは、軽《かる》くせきばらいをして、幸路《ゆきじ》とパパを交互《こうご》に見《み》た。

「先《さき》ほどからのお話聞《はなしき》かせてもらいましたけれど、ことの原因《げんいん》は、つまり『キッチンおおとり』に来《く》るお客《きゃく》さんがへってるってことなんでしょ。それ

でマスエばあばが、もっとがんばれとおこっていると」

「ま、ぶっちゃけ、そういうことだね」

「だったら解決方法《かいけつほうほう》は、一つだけ」

「え？」

ぽかんとする幸路《ゆきじ》とパパに向《む》かって、こぶしをにぎって、カレンはいった。

「『キッチンおおとり』にもっとたくさんお客《きゃく》さんが来《く》るようにする。『キッチンおおとり』はレストランなんだから、みんなが食《た》べたくなるような、よその店《みせ》にはない、家《いえ》でもつくれない、味《あじ》はもちろん、値段《ねだん》も安《やす》くて魅力的《みりょくてき》なメニューを考《かんが》える。どう、まちがってないでしょ？」

カレンに問《と》われて、パパは、ううむとうなった。

「カレンのいっていることは、まちがっていないよ。それどころか、家庭《かてい》では味《あじ》わえない味《あじ》を、気軽《きがる》に食《た》べていただける価格《かかく》で提供《ていきょう》するというのは、

『キッチンおおとり』の基本方針《きほんほうしん》そのものだ。いや、うちだけではない。多《おお》くの外食産業《がいしょくさんぎょう》はみんな同《おな》じ考《かんが》えといってもいいだろう。そこに気《き》がついたのは、わが娘《むすめ》ながら、立派《りっぱ》だと思《おも》う。でもね」

「でも？」

首《くび》をかしげたカレンに、今度《こんど》は幸路《ゆきじ》が話《はな》した。

「それはこれまでも、ずっとやってきたことなの。社長《しゃちょう》がいった通《とお》り、『キッチンおおとり』だけでなく、多《おお》くのファミレスが、そうした考《かんが》えのもと、少《すこ》しでもほかの店《みせ》に差《さ》をつけようとがんばってきたの。だけど『キッチンおおとり』の売《う》り上《あ》げは落《お》ちてきた。ではどうしたらいいかっていう、今《いま》はそういう段階《だんかい》なの。カレンがいったことに加《くわ》えて、もっとべつの新《あたら》しいなにかが必要《ひつよう》なのよ」

「だったらますます、わたしのいう通《とお》りじゃない」

カレンの言葉《ことば》に、幸路《ゆきじ》もパパも、わけがわからないという顔《かお》になった。

「最初《さいしょ》にいったでしょ。今朝《けさ》つくったこのオープンサンドでもいいし、ほかにもいろいろおすすめメニューになりそうな、新作《しんさく》レシピがあるの。子《こ》どもが考《かんが》えた、でも本格的《ほんかくてき》なメニューってことで売《う》りだせば、注目《ちゅうもく》を……」

「いやいやカレン。ちょっと、それはいくらなんでも無理《むり》だよ」

苦笑《にがわら》いしながら、パパが口《くち》をはさんだ。

「大人《おとな》の仕事《しごと》を、そんなに簡単《かんたん》に考《かんが》えてもらっては困《こま》るね。いいかい。わが社《しゃ》のメニューは、幸路《ゆきじ》がいる商品《しょうひん》企画部《きかくぶ》で、味《あじ》もコストも緻密《ちみつ》に研究《けんきゅう》して生《う》みだしているものなんだよ。いくらカレンの料理《りょうり》がおいしくても、それを全《ぜん》国《こく》のチェーン店《てん》で、おいそれと出《だ》すわけにはいかないんだ。まあカレン、この話《はなし》はもうここまでにしよう。大丈夫《だいじょうぶ》だから、パパにまかせておきなさい」

腕《うで》を組《く》んだパパの言葉《ことば》に、カレンはいいかえした。

「難《むずか》しいことは、もちろんわからないし、助《たす》けてもらわなくちゃ、できないことだけれど、わたし真剣《しんけん》だよ。もしマスエばあばのいう通《とお》り、『キッチンおおとり』が閉店《へいてん》になったら、わたしたちこれからどうなるの。この家《いえ》に、この町《まち》に、住《す》めなくなるんじゃないの。わたしそんなの、ぜったいにいや！」

頭《あたま》をかかえて、カレンは首《くび》をふった。

「落《お》ちつきなさい。そんな心配《しんぱい》はないから」

なだめようとするパパに、幸路《ゆきじ》がいった。

「難《むずか》しいとは思《おも》いますが、せめて一度《ど》、商品企画部《しょうひんきかくぶ》の方《ほう》で検討《けんとう》してみるというのは、どうですか」

パパは、腕《うで》を組《く》みなおして、幸路《ゆきじ》を見《み》た。

「カレンに気《き》をつかってもらって悪《わる》いが、その必要《ひつよう》はない。社長《しゃちょう》の娘《むすめ》が考《かんが》えたメニューなんて理由《りゆう》で、どうやって企画《きかく》を通《とお》すんだい。だれも納得《なっとく》しないよ。せめてそうだな……カレンに料理研究家《りょうりけんきゅうか》とか、世間《せけん》が納得《なっとく》し、なるほどこの子《こ》だったらと思《おも》わせるような肩書《かたが》きがあれば、少《すこ》しはちがうかもしれんが」

「肩書《かたが》き……」

一瞬《いっしゅん》の沈黙《ちんもく》のあと、幸路《ゆきじ》の表情《ひょうじょう》が、ぱっと明《あか》るくなった。

「たとえば、『子《こ》どもグルメチャンピオン』とかでは、どうですか？」

「子《こ》どもグルメ……？」

「なにそれ、ユキネエ」

カレンにうながされ、幸路《ゆきじ》は、うんとうなずいた。

「毎年《まいとし》ゴールデンウィークに、日本全国《にほんぜんこく》のご当地《とうち》グルメが一堂《いちどう》に会《かい》する『ご当地《とうち》グルメグランプリ』というイベントが、お台場《だいば》で開催《かいさい》されるの。で、そこで『子《こ》どもグルメ選手権《せんしゅけん》』っていうのをやるのよ」

「子《こ》どもグルメ選手権《せんしゅけん》！」

「いくつもの料理《りょうり》に関《かん》する問題《もんだい》に答《こた》えて、最後《さいご》まで勝《か》ちのこった子《こ》が『子《こ》どもグルメチャンピオン』として表彰《ひょうしょう》されるの。わたし、去年《きょねん》見《み》にいったんだけど、子《こ》ども相手《あいて》とは思《おも》えないかなり難《むずか》しい問題《もんだい》で、ほとんどわからなかったことだけは、おぼえているわ。でもだからこそ優勝《ゆうしょう》できたら、これはもう立派《りっぱ》な肩書《かたが》きでしょ。どうですか、社長《しゃちょう》？」

ばんとテーブルに手《て》を置《お》いて、幸路《ゆきじ》は身《み》をのりだした。

「ま、まあ、たしかに、なにもないより、ぜんぜんいいにはちがいないが、うーむ、しかしなんだ……」

幸路《ゆきじ》の勢《いきお》いに、パパは思《おも》わずあごをひいた。

その機《き》をのがさず、幸路《ゆきじ》はさらに声《こえ》をはりあげた。

「社長《しゃちょう》の娘《むすめ》からの提案《ていあん》ではなくて、子《こ》どもグルメチャンピオンからの提案《ていあん》なんです。これなら社内《しゃない》でも問題《もんだい》ありませんよ。子《こ》どもグルメチャンピオンが、たまたま、そうたまたま社長《しゃちょう》の娘《むすめ》だったということなんですから。企画検討《きかくけんとう》の価値《かち》ありです」

「いや、ちょっと待《ま》ちなさい。カレンはまだ子《こ》どもグルメチャンピオンじゃないんだから。先走《さきばし》りすぎだよ。とらぬタヌキの皮算用《かわざんよう》とは、このことだ。いいかい、すべてはまず『子《こ》どもグルメ選手権《せんしゅけん》』で優勝《ゆうしょう》して、チャンピオンになれたらの話《はなし》だから」

「わかってますって、ねえカレン」

幸路《ゆきじ》がカレンの肩《かた》にぽんと手《て》を置《お》くと、カレンは大《おお》きくうなずいた。

「パパ、ユキネエ、見《み》てて。わたし優勝《ゆうしょう》するよ。ぜったい、ぜったい、子《こ》どもグルメチャンピオンになる！」

力強《ちからづよ》く宣言《せんげん》するカレンを見《み》ながら、パパはやれやれと頭《あたま》をかいたのだった。

3　子《こ》どもグルメチャンピオンへの道《みち》

「えーとなになに、日本三大《にほんさんだい》ラーメンとは、北海道《ほっかいどう》の札幌《さっぽろ》ラーメン、福島《ふくしま》の喜多方《きたかた》ラーメン、それに福岡《ふくおか》の博多《はかた》ラーメンのことをいい、それぞれ独自《どくじ》の特徴《とくちょう》をもっていると。ふむふむ、ここ大事《だいじ》そう……」

ここは星香学園初等部《せいかがくえんしょとうぶ》、四年《ねん》一組《くみ》。窓《まど》ぎわの一番後《ばんうし》ろの席《せき》にすわって、カレンは、ぶあつい本《ほん》に首《くび》をつっこむようにして読《よ》んでいた。読《よ》みおえたページには、色《いろ》とりどりの付《ふ》せんがはられていて、まるでゲジゲジのおばけのように見《み》える。

いつもなら、あくびしながら登校《とうこう》してきて、クラスメートとおしゃべりしているカレンだったが、今朝《けさ》はまったく雰囲気《ふんいき》がちがう。もしも気合《きあ》いが目《め》に見《み》えるならば、カレンのまわりを炎《ほのお》のようにとりかこんでいただろう。さすがにみんな、カレンになにがあったのか気《き》になったが、なかなか話《はな》しかけられない。

しばらく遠巻《とおま》きにカレンのようすをうかがっていたが、とうとう一番《ばん》の友《とも》だち、ノンタこと朝桐和香《あさぎりのどか》が、まわりから背中《せなか》をおされてカレンの横《よこ》に立《た》った。

「あのー……」

「えーとえーと、カツ丼《どん》のルーツは、一九一三年《ねん》に、西洋料理《せいようりょうり》を研究《けんきゅう》していた高畠増太郎《たかばたけますたろう》が、早稲田鶴巻町《わせだつるまきちょう》のヨーロッパ軒《けん》でふるまったのが最初《さいしょ》とされる。ただそれは卵《たまご》でとじたものではなく……えっ、どういうこと？」

「あの、カレン」

「ドイツじこみのウスターソースをって……ああなるほど、ソースカツ丼《どん》か」

「カレンってば！」

「えっ、わっ、なにノンタ、びっくりしたー」

がばっと体《からだ》を起《お》こして、真《ま》ん丸《まる》の目《め》で、カレンは和香《のどか》を見《み》た。

「どうしちゃったの？」

「は、なにが？」

和香《のどか》は、カレンの持《も》った本《ほん》を指《ゆび》さした。

「その本《ほん》はなんなの。いったいなにやってるの？」

「ん、これのこと。『日本全国《にほんぜんこく》グルメ事典《じてん》』だよ。いろんな料理《りょうり》のことが書《か》いてあるの。けっこうおもしろいよ。知《し》ってる、喜多方《きたかた》ラーメンってレンゲいらずなんだって。なぜかっていうと、麺《めん》が幅広《はばびろ》でちぢれていて、スープもいっしょに食《た》べられるからなんだよ」

「え、ああそうなのっていうか、どうしてそんな本読《ほんよ》んでるの？」

わけがわからないという顔《かお》をしている和香《のどか》に、カレンは、うんとうなずき立《た》ちあがった。

「わたし、子《こ》どもグルメチャンピオンになることに決《き》めたの！」

「子《こ》どもグルメチャンピオン？」

「ゴールデンウィークに『子《こ》どもグルメ選手権《せんしゅけん》』ってのがあるんだけど、わたしそこで、優勝《ゆうしょう》するの」

にっこり笑《わら》ったカレンを見《み》て、和香《のどか》の顔《かお》が、ますますハテナマークになった。

「どうしてカレンが、そんなことを？」

「ま、話《はな》せばいろいろ、あるんだけど、とりあえず落《お》ちついたら話《はな》すから。とにかくもう時間《じかん》がなくって、勉強《べんきょう》がたーいへんなのよ」

机《つくえ》の上《うえ》の『日本全国《にほんぜんこく》グルメ事典《じてん》』をぽんぽんとたたいて、カレンはためいきをついた。

すると。

「はあ、鳳条《ほうじょう》が、子《こ》どもグルメチャンピオンになるって？」

まゆにしわをよせて、ぽっちゃり体型《たいけい》の大《おお》きな男子《だんし》が、かん高《だか》い声《こえ》をあげて近《ちか》づいてきた。

浮間慎一郎《うきましんいちろう》だ。その小学生《しょうがくせい》ばなれした体型《たいけい》と、えらそうな口《くち》ぶりで、男子《だんし》たちからオヤブンとよばれている。

「ぜったい、無理《むり》。無理無理無理無理無理《むりむりむりむりむり》！」

浮間《うきま》はカレンを指《ゆび》さし、半笑《はんわら》いした。

「どうしてよ。どうして浮間《うきま》に、そんなことわかるの？」

上《うえ》から見《み》おろし、にやついている浮間《うきま》に、カレンは口《くち》をとがらせ、いいかえした。

するとと浮間《うきま》は、首《くび》を小《ちい》さく横《よこ》にふった。

「わかってないみたいだな。そうだな。たとえばこの問題《もんだい》わかるか。秋田《あきた》では『しょっつる』、能登《のと》では『いしる』、タイ料理《りょうり》で『ナンプラー』とよばれる調味料《ちょうみりょう》があるが、それらはなんという調味料《ちょうみりょう》か知《し》ってるか」

「え……調味料《ちょうみりょう》って……料理《りょうり》の名前《なまえ》じゃなくて、調味料《ちょうみりょう》？」

「わかんないのか」

「え、えーと……」

浮間《うきま》は、となりにいた猿田文太《さるたぶんた》と顔《かお》を見《み》あわせると、首《くび》を横《よこ》にふった。

「ブー、時間切《じかんぎ》れ。答《こた》えは魚醤《ぎょしょう》。塩《しお》につけた魚《さかな》からつくる液体《えきたい》の調味料《ちょうみりょう》だ。やれやれ、こんな基礎《きそ》も知《し》らないなんて。去年《きょねん》の『子《こ》どもグルメ選手権《せんしゅけん》』に出《で》た問題《もんだい》だぞ」

「えっ！」

猿田《さるた》が、ああそういえばと声《こえ》をあげた。

「オヤブン、去年《きょねん》『子《こ》どもグルメ選手権《せんしゅけん》』に出場《しゅつじょう》したっていってたっけ」

「ま、準決勝《じゅんけっしょう》で負《ま》けちゃったけどな」

「準決勝《じゅんけっしょう》！」

目《め》を丸《まる》くしているカレンに向《む》かって、浮間《うきま》はいった。

「小《ちい》さいころからあちこちの高級店《こうきゅうてん》、それこそミシュランの三ツ星《みつぼし》レストランなども食《た》べあるいてきたこのおれさまでも負《ま》けるんだ。そんなにわかじこみの勉強《べんきょう》で、優勝《ゆうしょう》できるほど、あそこのレベル低《ひく》くないぜ」

浮間《うきま》は、テレビによく出《で》ている伊勢竜介《いせりゅうすけ》というタレントの息子《むすこ》だ。おいしいものを紹介《しょうかい》する旅番組《たびばんぐみ》にもよく出《で》ている人《ひと》だから、きっとふだんから食《た》べ物《もの》に関《かん》するさまざまな知識《ちしき》を、聞《き》かされているのだろう。

「ただ料理《りょうり》の名前《なまえ》をおぼえるだけじゃだめなんだ……もっと広《ひろ》い知識《ちしき》が必要《ひつよう》。やっぱ勉強《べんきょう》しなくっちゃ」

つぶやくとカレンは、へらへら笑《わら》っている浮間《うきま》たちをにらんで、ぎゅっと口《くち》を真一文字《まいちもんじ》にむすんだのだった。

家《いえ》に帰《かえ》ると、家事代行《かじだいこう》の美園《みその》さんが、にこにこ笑《わら》って出《で》むかえてくれた。

「カレンちゃん、例《れい》のもの、ちゃーんと買《か》ってきたからね」

「あ、そうだった。いろいろおぼえることが多《おお》くて、すっかりわすれていたよ。ねえどこ。どこにあるの？」

美園《みその》さんは、キッチンを指《ゆび》さした。

カレンがキッチンのドアをあけると、テーブルの上《うえ》に、関東《かんとう》デパートの青《あお》いチェックの大《おお》きな手《て》さげ袋《ぶくろ》が置《お》いてあった。

カレンはいそいそと、袋《ふくろ》の中《なか》をのぞきこんだ。

「うわー、すっごくいっぱいある。どれから食《た》べるかまよっちゃう」

袋《ふくろ》の中《なか》に入《はい》っていたのは、たくさんの駅弁《えきべん》。関東《かんとう》デパートで今日《きょう》から始《はじ》まった「お待《ま》たせ！　全国有名駅弁大会《ぜんこくゆうめいえきべんたいかい》」というイベントで売《う》られている日《に》本各地《ほんかくち》の有名《ゆうめい》な駅弁《えきべん》たちだ。

本《ほん》の知識《ちしき》だけじゃ、どんな味《あじ》かわからない。本当《ほんとう》に食《た》べてみたいとママにお願《ねが》いして、わざわざ美園《みその》さんに買《か》ってきてもらったのだ。

「あ、これ知《し》ってる。北海道《ほっかいどう》の『いかめし』。ああこの器《うつわ》、これも前《まえ》にテレビで見《み》た。横川《よこかわ》の『峠《とうげ》の釜《かま》めし』だね」

ほかにも、高崎《たかさき》の「だるま弁当《べんとう》」、福井《ふくい》の「越前《えちぜん》かにめし」、奈良《なら》の「柿《かき》の葉寿司《はずし》」、広島《ひろしま》の「あなご寿司弁当《ずしべんとう》」、愛媛《えひめ》の「鯛《たい》めし弁当《べんとう》」などなど、テレビや雑誌《ざっし》でよく紹介《しょうかい》されている駅弁《えきべん》が、いくつも入《はい》っていた。

「あー、『牛肉《ぎゅうにく》どまん中《なか》』も買《か》ってきてくれたんだ。山形県米沢《やまがたけんよねざわ》の駅弁《えきべん》だよね。これ一番食《ばんた》べたかったんだ」

カレンは、上品《じょうひん》な感《かん》じの薄茶色《うすちゃいろ》のパッケージの駅弁《えきべん》を、袋《ふくろ》からとりあげた。

「これ最後《さいご》の一つだったの。なんとか買《か》えてよかったわ。それにしても『牛《ぎゅう》肉《にく》どまん中《なか》』なんて、すごい名前《なまえ》ね。牛肉《ぎゅうにく》がどっさり、ど真《ま》ん中《なか》に入《はい》っているのかしら」

笑《わら》う美園《みその》さんに、カレンは首《くび》を横《よこ》にふった。

「ちがうって、どまん中《なか》っていうのは、牛肉《ぎゅうにく》のことじゃなくてご飯《はん》のこと。このお米《こめ》の名前《なまえ》が『どまんなか』なんだよ」

美園《みその》さんは、口《くち》をぽかんとあけてカレンを見《み》つめた。

「あらーやだ、そうだったの。さすがカレンちゃん、くわしいわね」

「だってわたし、子《こ》どもグルメチャンピオンに本当《ほんとう》になりたいっていうか、ならなくちゃいけないの」

子《こ》どもグルメチャンピオンの肩書《かたが》きを手《て》に入《い》れないと、もし「キッチンおおとり」になにかがあっても、指《ゆび》をくわえて見《み》ているだけ。なにもできない。本当《ほんとう》に「キッチンおおとり」が閉店《へいてん》するようなことになったら、いったいこの先《さき》どうなっちゃうの……。

ふと、ほおを冷《つめ》たい風《かぜ》が、ひゅうとふきぬけた気《き》がした。

はっとしてふりかえると、家《いえ》の壁《かべ》が煙《けむり》のように消《き》えさり、カレンはいつの間《ま》にか、赤土《あかつち》がぬかるむ見《み》知《し》らぬ空《あ》き地《ち》に、一人《ひとり》立《た》っていた。

さっきまでとなりに立《た》っていた、優《やさ》しい笑顔《えがお》の美園《みその》さんの姿《すがた》もない。ママも、パパもいない。スマホもないから、ノンタたち、学校《がっこう》の友《とも》だちと連絡《れんらく》をとることもできない。

いやだ。こんなのいやだ。この家《いえ》から、この町《まち》から、みんなからはなれるなんて、ぜったいにいや。

心《こころ》に思《おも》ったとたん、カレンはもとのキッチンにもどっていた。

目《め》の前《まえ》では美園《みその》さんが、たくさんの駅弁《えきべん》を、苦労《くろう》しながら冷蔵庫《れいぞうこ》にしまおうとしている。

カレンは、ためいきをつくと、不吉《ふきつ》なまぼろしをふりおとすため、ぶるぶると何度《なんど》も頭《あたま》をふったのだ。

4　ご当地《とうち》グルメグランプリ開幕《かいまく》！

　地下鉄《ちかてつ》じゃないのに、りんかい線《せん》の東京《とうきょう》テレポート駅《えき》は、地下《ちか》にある。

　みょうに広々《ひろびろ》としたホームにおり、エスカレーターで地上《ちじょう》にあがると、青空《あおぞら》がひろがっていた。

「明《あ》け方《がた》までは、あんなにどしゃぶりだったのに、最近《さいきん》、天気予報《てんきよほう》って、よく当《あ》たるよね」

　幸路《ゆきじ》がいったが、カレンはなにも答《こた》えない。まっすぐ前《まえ》を見《み》ているように見《み》えたが、心《こころ》ここにあらず。ショーウィンドウのマネキン人形《にんぎょう》のような目《め》つきだった。

幸路《ゆきじ》は、やれやれと首《くび》をすくめた。

「おい、カレン！　しっかりしな！」

幸路《ゆきじ》に、ばしっと肩《かた》をたたかれ、カレンはぴょんと飛《と》びあがった。

「うわっ！　びっくりした。もう～、なによいきなり」

「びっくりしたじゃないわよ。いくらなんでも緊張《きんちょう》しすぎじゃないの。そんなことじゃ、クイズの問題《もんだい》、聞《き》きのがしちゃうよ」

「だって、しょうがないじゃん。こんなの初《はじ》めてなんだもん」

「準備不足《じゅんびぶそく》で自信《じしん》がないってこと？」

幸路《ゆきじ》の問《と》いに、カレンは背《せ》にしょった大《おお》きめのデイパックから、ゲジゲジのおばけみたいなものをとりだした。

「ここに書《か》いてあることだけは、全部《ぜんぶ》おぼえたつもり。はっきりいって、自《じ》信《しん》はあるよ」

それは『日本全国《にほんぜんこく》グルメ事典《じてん》』。前《まえ》に学校《がっこう》に持《も》ってきたときにくらべて、付《ふ》せんの数《かず》は五倍《ばい》ぐらいになっている。

「ひえー、すっごい……」

カレンからわたされたそれを見《み》て、幸路《ゆきじ》は目《め》を丸《まる》くした。表紙《ひょうし》は何年《なんねん》も持《も》ちあるいたかのように、あちこちやぶれているし、中《なか》を開《ひら》くと、赤《あか》ペン、青《あお》ペン、緑《みどり》ペンで余白《よはく》に細《こま》かい書《か》きこみがいっぱいしてあった。

「図書館《としょかん》やインターネットで調《しら》べた情報《じょうほう》を、直接本《ちょくせつほん》に書《か》きたしていったの。これまで出《だ》されたクイズの問題《もんだい》も、すべて解《と》いたよ」

「うわー、これなら、優勝《ゆうしょう》まちがいなしね」

カレンは、にやりと笑《わら》ってうなずいた。

「まあね。ただ、不安《ふあん》な点《てん》がたった一つだけあるんだ」

「えっ、それって?」

幸路《ゆきじ》がたずねたときだ。

「ふははは、おまえには無理《むり》だと教《おし》えてやったのに、のこのこやってくるとは。まったく身《み》のほど知《し》らずだな」

聞《き》きおぼえのある声《こえ》にふりむくと、やっぱり浮間《うきま》だった。となりでは猿田《さるた》が、歯《は》ならびの悪《わる》い口《くち》をあけて、にひひと笑《わら》っている。

「知《し》ってる子《こ》?」

幸路《ゆきじ》の問《と》いに、カレンは首《くび》を横《よこ》にふった。

「ゴリラとチンパンジーに、知《し》り合《あ》いはいないわ」

「なんだとー!」

「じゃあこの問題答《もんだいこた》えられる? 家々《いえいえ》によってそれぞれ味《あじ》つけがちがっていて、『七軒《けん》の家《いえ》のこの料理《りょうり》を食《た》べると風邪《かぜ》をひかない』といわれている、その地方《ちほう》の学校給食《がっこうきゅうしょく》にも出《だ》されるこの郷土料理《きょうどりょうり》の名前《なまえ》は、さてなんでしょう?」

「はあ?」

浮間《うきま》は、ぽかんと口《くち》をあけてカレンを見《み》た。

「ほら、あと五秒《びょう》」

「ちょっと待《ま》て。せめて県名《けんめい》ぐらい教《おし》えろよ」

「三、二、一。ブー、時間切《じかんぎ》れ。答《こた》えはサケの頭《あたま》と大豆《だいず》や野菜《やさい》の切《き》りくずを、酒粕《さけかす》で煮《に》てつくった栃木県《とちぎけん》の名物《めいぶつ》『しもつかれ』でした」

「あ、それか……」

浮間《うきま》は、くやしそうに顔《かお》をしかめた。

「鳳条《ほうじょう》、もう一問《もん》。もう一問《もん》だけ。おい、待《ま》てよ」

「あんたらと遊《あそ》んでるひまはないの。じゃね」

おーいおーいとよびつづける浮間《うきま》たちを残《のこ》して、カレンは、のぼりがはためく広場《ひろば》、「ご当地《とうち》グルメグランプリ」の会場《かいじょう》へ入《はい》った。

カレンが、入《い》り口《ぐち》に立《た》っていた係《かかり》の人《ひと》から、たくさんのチラシやパンフレットを受《う》けとっていると、幸路《ゆきじ》が後《うし》ろをふりかえり、ふふっと笑《わら》った。

「いいの、あの子《こ》たちほっといて。おかげで、ちょっと緊張《きんちょう》ほぐれたんじゃない」

とんでもないとカレンは、首《くび》をふった。

「これ以上《いじょう》、相手《あいて》してると、調子《ちょうし》おかしくなっちゃう。とにかく受《う》け付《つ》け早《はや》くすませないと……んー、でも、いいにおい」

カレンは、広《ひろ》い会場《かいじょう》をぐるりと見《み》わたした。ところせましとご当地《とうち》グルメのブースのテントが立《た》ちならんでいる。

「このソースが焼《や》ける、こうばしい香《かお》りは、なんだろう。たこ焼《や》き、焼《や》きそば、それともお好《この》み焼《や》きかな。広島《ひろしま》、それとも大阪《おおさか》？　ねえユキネエ、受《う》け付《つ》けの前《まえ》に、一つぐらい食《た》べていこうよ」

しかし幸路《ゆきじ》は、まゆにしわをよせて、人差《ひとさ》し指《ゆび》を左右《さゆう》にふった。

「だめだめ、なにいってるの。あの行列《ぎょうれつ》見《み》てごらん。順番《じゅんばん》がまわってくるころには、受《う》け付《つ》け終《お》わっちゃうってば」

パンフレットを見《み》ると、今回《こんかい》の出店数《しゅってんすう》は五十店《てん》らしい。それぞれのブースに、お目当《めあ》ての料理《りょうり》を食《た》べようとする、長《なが》い列《れつ》ができていた。

「う、うーん……」

「それにおなかへらしておいた方《ほう》が、クイズでぜったいに有利《ゆうり》だから。毎回《まいかい》食《た》べて当《あ》てるクイズ、必《かなら》ずあるし」

「まあ、そうなんだけど、そこだけが不安《ふあん》なんだよね」

カレンは、小《ちい》さなためいきをついた。

「どういうこと？」

「食《た》べたことないもの、正解《せいかい》できるかなってこと」

「あ、ああ、そういうこと」

これまで出《だ》された子《こ》どもグルメ選手権《せんしゅけん》の問題《もんだい》をふりかえると、必《かなら》ず一問《もん》は目《め》かくしして食《た》べて、なんの料理《りょうり》かを当《あ》てるクイズが出《だ》されていた。

いくら知識《ちしき》を持《も》っていても、食《た》べたことのないものを食《た》べて、それがなにか当《あ》てることなんて、できるのだろうか。

「もうこれは、運《うん》だから。食《た》べたことのあるものが出《で》るように、神《かみ》さまにお願《ねが》いするしかないね」

「あー、お願《ねが》いしてかなうんだったら、どれだけでもお願《ねが》いするよ。食《た》べたことのある料理《りょうり》がクイズに出《で》ますように、神《かみ》さま……えーと……あれっ、そういえば、グルメの神《かみ》さまって、いったいだれ？」

いいながらカレンは、立《た》ちどまった。すると。

ドスン！

「ぎゃ！」

背中《せなか》に、だれかがぶつかってきた。

とつぜん前《まえ》におされて、カレンはあやうく転《ころ》びそうになった。でも、幸路《ゆきじ》が背中《せなか》のデイパックをつかんでくれたおかげで、なんとか転《ころ》ばずにすんだ。

「まったく、なんなのよ」

また浮間《うきま》かと思《おも》い声《こえ》をあらげたカレンだったが、ぶつかってきた相手《あいて》をよく見《み》ると、同《おな》じくらいの年《とし》のショートボブのヘアスタイルをした女《おんな》の子《こ》だった。

女《おんな》の子《こ》は、ぎろりと光《ひか》った目《め》でカレンをにらんだ。

「いきなり立《た》ちどまる方《ほう》が、悪《わる》いんじゃないの。自分《じぶん》のこと、棚《たな》にあげてませんか」

「あ……、ごめん」

「ふん」

女《おんな》の子《こ》は、もう一度《ど》カレンをにらみつけると、クマの顔《かお》の形《かたち》をしたピンク色《いろ》のポシェットをぶらぶらゆらしながら、目《め》の前《まえ》にある大《おお》きなテントに入《はい》っていった。

そのテントの前《まえ》には、「子《こ》どもグルメ選手権《せんしゅけん》・出場者受《しゅつじょうしゃう》け付《つ》け」という、大《おお》きな看板《かんばん》が立《た》っていた。

「ひー、あんなこわい子《こ》もクイズに出《で》るの～？　もう、信《しん》じられなーい！」

カレンは、困《こま》り顔《がお》の幸路《ゆきじ》の手《て》をにぎり、思《おも》わずさけんでしまった。

5　○×クイズを突破《とっぱ》しろ

「あー、やっぱなんか、緊張《きんちょう》しちゃう」

きょろきょろとまわりを見《み》わたし、カレンは、ふうとためいきをついた。

そこは「子《こ》どもグルメ選手権《せんしゅけん》」のために用意《ようい》された特設会場《とくせつかいじょう》。ステージの前《まえ》にしかれた○と×がかかれた広《ひろ》いシートの上《うえ》に立《た》ち、参加者《さんかしゃ》たちは、始《はじ》まりをじっと待《ま》っていた。

「子《こ》どもグルメ選手権《せんしゅけん》」の出場者《しゅつじょうしゃ》は、ざっと百名《めい》ほど。浮間《うきま》と猿田《さるた》の姿《すがた》も見《み》える。あのショートボブのこわい子《こ》も、もちろんいる。

「それにしてもユキネエは、どこ行《い》っちゃったんだろう。近《ちか》くから応援《おうえん》してるっていってたくせに、ぜんぜん姿《すがた》が見《み》えないし。まさか、一人《ひとり》でおいしいものを食《た》べにいったんじゃ……」

カレンが幸路《ゆきじ》のことを、ちらっとうたがったとたん、ステージに置《お》かれたスピーカーから、はなやかなファンファーレが流《なが》れだした。

「いえーい、待《ま》たせたなー。『第《だい》5回《かい》　子《こ》どもグルメ選手権《せんしゅけん》』、いよいよ始《はじ》まるぜ！」

ステージのそでからアフロヘアの司会《しかい》のおじさんが、マイクを持《も》って登場《とうじょう》した。

「本日《ほんじつ》の司会《しかい》のチャーリー浜崎《はまざき》だぜ。よろしくー。さてさて今朝《けさ》までふってた雨《あめ》も、すっかりあがり、もうこれ以上《いじょう》ない『子《こ》どもグルメ選手権《せんしゅけん》』日和《びより》になったんだぜ！　この日《ひ》のためにためこんできた、みんなのグルメパワーを全開《ぜんかい》にして、子《こ》どもグルメチャンピオンを目《め》ざしてがんばろうぜ！　では予《よ》選《せん》の説明《せつめい》から始《はじ》めるぜ」

司会《しかい》のチャーリー浜崎《はまざき》の説明《せつめい》によると、まず○×クイズで、あるていど人《にん》数《ずう》をしぼり、そのあとステージの上《うえ》で、決勝《けっしょう》ラウンドということらしい。

「とにかく問題《もんだい》を、聞《き》きまちがえないようにしないと」

カレンは心《こころ》をしずめるために、胸《むね》に手《て》をあて、深呼吸《しんこきゅう》をした。

鳴《な》っていた音楽《おんがく》のボリュームが小《ちい》さくなると、それが合図《あいず》だったのか、チャーリー浜崎《はまざき》が、演台《えんだい》の上《うえ》にあった赤《あか》いノートを手《て》にとった。

「さあ諸君《しょくん》、心《こころ》の準備《じゅんび》はできたかな。ではいくぜ。第《だい》一問《もん》、わたしたちの食《しょく》生活《せいかつ》に、なくてはならないラーメンだが、総務省《そうむしょう》の家計調査《かけいちょうさ》からわりだした二〇一三年《ねん》から二〇一五年《ねん》までの年間平均《ねんかんへいきん》で、日本《にほん》で一番《ばん》ラーメンを食《た》べていたのは、北海道《ほっかいどう》の人《ひと》である。○か×か。では、正《ただ》しいと思《おも》う人《ひと》は○の方《ほう》へ、いや、ちがうぜと思《おも》う人《ひと》は×の方《ほう》へ移動《いどう》するんだぜ」

チャーリー浜崎《はまざき》の、少《すこ》ししゃがれた声《こえ》が、会場《かいじょう》にひびいた。

「えー！」

「なに、この問題《もんだい》！　さっぱりわかんない」

近《ちか》くにいた女子《じょし》たちが、悲鳴《ひめい》のような声《こえ》をあげた。

カレンは、ごくんと息《いき》をのんだ。

（前回《ぜんかい》も、どこの県《けん》の人《ひと》が、おもちを一番食《ばんた》べているかという問題《もんだい》が出《で》た。『日本全国《にほんぜんこく》グルメ事典《じてん》』には出《で》ていなくて、わたし、インターネットで調《しら》べたんだ。ラーメンのことも、あのホームページに出《で》ていた。たしか日本三大《にほんさんだい》ラーメンの、北海道《ほっかいどう》や福島《ふくしま》、福岡《ふくおか》とかじゃなくて……）

記憶《きおく》の細《ほそ》い糸《いと》をたぐりながら、カレンは、〇印《じるし》の場所《ばしょ》から、ラインをこえて×印《じるし》へとうつった。

一方《いっぽう》カレンとは逆《ぎゃく》に、○印《じるし》へ移動《いどう》していく子《こ》たちもいる。

「札幌《さっぽろ》ラーメン、あ、旭川《あさひかわ》ラーメンってのもあったよなー」

「函館《はこだて》ラーメンってのもあるよ。北海道《ほっかいどう》は観光客《かんこうきゃく》も多《おお》いしね」

「でも観光客《かんこうきゃく》は、関係《かんけい》ないいんじゃないの」

話《はなし》を聞《き》いていると、だんだん自信《じしん》がなくなってくる。

（どうしよう。ラーメンじゃなくて、そばだったかも。いや、でも……）

×印《じるし》の上《うえ》に足《あし》をのせ、カレンが前《まえ》を向《む》くと、ブーというブザーが鳴《な》った。

「はーい、シンキングタイム終了《しゅうりょう》〜。だいたい半分《はんぶん》ずつに分《わ》かれたようだな。

では正解《せいかい》いくぜ。ラーメンを一番食《ばんた》べた都道府県《とどうふけん》は、北海道《ほっかいどう》……じゃなくて、
なんと山形県《やまがたけん》。山形県《やまがたけん》はラーメン店《てん》の数《かず》も、日本一《にほんいち》といわれているんだぜ」

答《こた》えを聞《き》いて会場《かいじょう》は、やったーという歓声《かんせい》と、うそーという、うめき声《ごえ》につつまれた。

カレンはもちろん、やったーの方《ほう》。

第《だい》一問突破《もんとっぱ》に、両手《りょうて》をぎゅっとにぎってガッツポーズをしたのだった。

予選《よせん》はその後《ご》、第《だい》二問《もん》、第《だい》三問《もん》と続《つづ》き、最初《さいしょ》百名《めい》ほどいた参加者《さんかしゃ》も、気《き》がつけば八人《にん》になっていた。

もちろんカレンは、勝《か》ちのこっている。

そして浮間《うきま》も、まだ残《のこ》っていた。

「さすが去年《きょねん》、決勝直前《けっしょうちょくぜん》まで進《すす》んだだけのことはあるじゃん」

口《くち》ばかりかと思《おも》っていた浮間《うきま》のがんばりを見《み》て、カレンも素直《すなお》にすごいと思《おも》った。

「ふっふっふ、おれのすごさに、ようやく気《き》づいたか。まあ一問目《もんめ》で脱落《だつらく》した、猿田《さるた》とはちがうんだよ」

浮間《うきま》が、鼻《はな》で笑《わら》いながらいうと、チャーリー浜崎《はまざき》の大《おお》きな声《こえ》が、会場《かいじょう》に鳴《な》りひびいた。

「さあ第《だい》四問《もん》いくぜ。もしこれで五名以下《めいいか》になったら、いよいよ決勝《けっしょう》ラウンド。事実上《じじつじょう》の準決勝《じゅんけっしょう》だぜ。心《こころ》の準備《じゅんび》は、できてるかー。ではいくぜ。福井県《ふくいけん》にはオムライスの上《うえ》にコロッケなどの揚《あ》げ物《もの》をのせたボルガライスとよばれているご当地《とうち》グルメがある。◯か×か」

「あっ、これは……」

カレンは×だと思《おも》った。ボルガライスというのは、オムライスにトンカツがのっているのが一番《ばん》の特徴《とくちょう》と、『日本全国《にほんぜんこく》グルメ事典《じてん》』にはっきりと書《か》いてあった。コロッケでは、ダメなはずだ。

ところが、後《うし》ろに立《た》っていた六年生《ねんせい》ぐらいの男子《だんし》二人組《ふたりぐ》みが、そうだそうだとうなずいて、◯印《じるし》の方《ほう》へ移動《いどう》した。

どうしてと思《おも》って見《み》ていると、その男子《だんし》の一人《ひとり》が、連《つ》れの男子《だんし》に向《む》かっていったのだ。

「なんといっても福井《ふくい》はさあ、コロッケの年間消費量《ねんかんしょうひりょう》が、全国一番《ぜんこくいちばん》だったことがあるんだからな」

「あっ、そういえば……」

男子《だんし》たちの話《はなし》を横《よこ》で聞《き》き、となりに立《た》っていた浮間《うきま》は、あわててラインを飛《と》びこえて、○印《じるし》の方《ほう》へ移動《いどう》したのだ。

「シンキングタイム終了《しゅうりょう》ー！」

チャーリー浜崎《はまざき》が、高《たか》らかにさけんだ。

その声《こえ》に浮間《うきま》は、ほっとした顔《かお》でふりかえった。

「どうやらここで鳳条《ほうじょう》とも、おサラバだな。初出場《はつしゅつじょう》にしては、よくがんばった方《ほう》じゃない。おつかれさま〜」

「ええっ、そんな、まさか」

カレンの胸《むね》が、どきんと鳴《な》った。

それと同時《どうじ》にステージの上《うえ》で、チャーリー浜崎《はまざき》がいった。

「おおっと、◯印《じるし》に五人《にん》、×印《じるし》に三人《にん》と分《わ》かれたぞー。さあ、正解《せいかい》した方《ほう》が決勝《けっしょう》ラウンド進出《しんしゅつ》だぜ。さあーどっちだ！」

チャーリー浜崎《はまざき》は、赤《あか》いノートに書《か》かれた解答《かいとう》を読《よ》みあげた。

「答《こた》えは……×！　ボルガライスはオムライスにトンカツの組《く》みあわせだ。揚《あ》げ物《もの》だったら、なんでもいいってわけじゃないぜ！」

「やったー！」

カレンは、ばんざいをして飛《と》びあがった。

一方《いっぽう》、浮間《うきま》は、ぼうぜんとした目《め》で、カレンを見《み》つめるばかりだった。

「では、いよいよ決勝《けっしょう》ラウンドに突入《とつにゅう》するぜ！　正解《せいかい》だった三人《にん》のみなさん、ステージの上《うえ》へどうぞ！」

「あ、はいーっ！」

チャーリー浜崎《はまざき》によばれて、カレンは思《おも》わず、すっとんきょうな声《こえ》をあげてしまった。

あははは、と見物客《けんぶつきゃく》から笑《わら》い声《ごえ》がおき、カレンは、あわてて口《くち》をおさえた。

「まったくもう、ちょっとびっくりしただけなのに、そんなに笑《わら》わないでよ」

ステージにのぼって、その笑《わら》い声《ごえ》の主《ぬし》に目《め》を向《む》けると、なんとそれは幸路《ゆきじ》。

カレンに手《て》をふりながら、大《おお》きな口《くち》をあけて笑《わら》っているのだった。

「ユ、ユキネエだったの。まったくもう、応援《おうえん》なのか、じゃましているんだか、さっぱりわかんない。もしチャンピオンになれなかったら、ユキネエの……えっ、あれっ⁉」

よく見《み》るとユキネエのとなりに立《た》っているのはパパ、そのとなりで、なにやらさけんでいるのはママだった。

（二人《ふたり》とも、今日《きょう》は用事《ようじ》で見《み》にいけないといってたくせに。これってあれ、サプライズ的《てき》な演出《えんしゅつ》ってわけ）

カレンは、両手《りょうて》でぱちんと自分《じぶん》のほおをたたいた。

「つまり、こうなったらもう……期待《きたい》にこたえて優勝《ゆうしょう》するしかないじゃない」

「さあ、いよいよ『子《こ》どもグルメ選手権《せんしゅけん》』決勝《けっしょう》ラウンドの開始《かいし》だぜ！」

チャーリー浜崎《はまざき》が、こぶしを高々《たかだか》と空《そら》に向《む》かってつきあげた。

6　激闘《げきとう》、決勝《けっしょう》ラウンド！

　ステージの上《うえ》の解答者席《かいとうしゃせき》にすわると、チャーリー浜崎《はまざき》が、拍手《はくしゅ》をしながら近《ちか》づいてきた。

「まずは決勝《けっしょう》ラウンド進出《しんしゅつ》おめでとう！　それでは見事勝《みごとか》ちぬいてきた三人《にん》に、自己紹介《じこしょうかい》をしてもらうぜ。名前《なまえ》と学年《がくねん》、それから好《す》きな食《た》べ物《もの》を教《おし》えてくれるかな。はい、まずあなた」

　とつぜんマイクをつきだされ、カレンはひっくりかえりそうになった。

「うわわ、あの、わたし、わたしあの、鳳条華蓮《ほうじょうかれん》。四年生《ねんせい》です」

「おーなるほど、カレンちゃん。じゃあ好《す》きな食《た》べ物《もの》は？」

「えーとあの、茶碗蒸《ちゃわんむ》し」

「おー、なんだか好《この》みが大人《おとな》だぜ。自信《じしん》のほども聞《き》かせてほしいぜ」

「あ、はい。優勝目《ゆうしょうめ》ざして、せいいっぱいがんばります」

ぱちぱちぱちぱちと拍手《はくしゅ》がおこった。

ふうとためいきをつくと、次《つぎ》はとなりの子《こ》の自己紹介《じこしょうかい》になった。

「さて今度《こんど》はきみだぜ。名前《なまえ》と学年《がくねん》、それから好《す》きな食《た》べ物《もの》を聞《き》かせてよ」

「花園楽子《はなぞのらくこ》、四年生《ねんせい》」

カレンとはまったくちがう、落《お》ちついた声《こえ》で、その子《こ》は答《こた》えた。

「ほう、ラッコちゃん？　かわいい名前《なまえ》だぜ。好《す》きな食《た》べ物《もの》は、やっぱりホタテとかハマグリとか？」

水族館《すいぞくかん》のラッコにかけて、からかうようにいったチャーリー浜崎《はまざき》に、その子《こ》はぶっきらぼうに答《こた》えた。

「貝《かい》も好《す》きですが、おいしければ、なんでも好《す》きですよ」

ていねいだけど不機嫌《ふきげん》そうないい方《かた》に、カレンは、ひやりとしてとなりを見《み》た。思《おも》った通《とお》り、さっきどなられた目《め》つきのこわいショートボブの子《こ》だった。

(うわー、ここまで勝《か》ちのこってたんだ。自分《じぶん》のことが大変《たいへん》で、まったく気《き》づかなかった)

カレンは、強烈《きょうれつ》なプレッシャーが、となりの席《せき》からおしよせてくるのを感《かん》じた。

(でも、やっとここまで来《き》たんだ。負《ま》けるもんか)

カレンは、くちびるをかんで、ドキドキする気持《きも》ちをなんとかこらえた。

チャーリー浜崎《はまざき》は、最後《さいご》の子《こ》にマイクを向《む》けた。

「最後《さいご》の一人《ひとり》は男子《だんし》だぜ。えーと、名前《なまえ》と学年《がくねん》……あれっ、どこかで見《み》た顔《かお》だと思《おも》ったら、きみ、ディフェンディングチャンピオン、つまり前回優勝者《ぜんかいゆうしょうしゃ》の大原《おおはら》くんじゃないの？」

「はい、前回優勝《ぜんかいゆうしょう》の大原輝明《おおはらてるあき》。六年生《ねんせい》です」

なんと去年《きょねん》の優勝者《ゆうしょうしゃ》が、今年《ことし》も決勝《けっしょう》まで残《のこ》っていたのだった。

「いやー、さすが実力《じつりょく》あるねえ。前回《ぜんかい》の二問《もん》とられたあとの連続《れんぞく》三問《もん》ゲット。大逆転《だいぎゃくてん》の優勝《ゆうしょう》。お見事《みごと》だったぜ。今年《ことし》の調子《ちょうし》は、いかがかな」

大原《おおはら》は、チャーリー浜崎《はまざき》からマイクをうばうと、にんまりほほえんだ。

「はっきりいって、絶好調《ぜっこうちょう》です。前回《ぜんかい》は三問連続正解《もんれんぞくせいかい》で優勝《ゆうしょう》しましたが、今年《ことし》は四問連続正解《もんれんぞくせいかい》してみせまーす！」

「おおっと、これは自信《じしん》に満《み》ちあふれた力強《ちからづよ》い勝利宣言《しょうりせんげん》だぜ。ただ大原《おおはら》くん、残念《ざんねん》なんだが、早《はや》く三問正解《もんせいかい》した人《ひと》が優勝《ゆうしょう》というルールなんだぜ。四問連続《もんれんぞく》正解《せいかい》は難《むずか》しいかな」

「あっ、そっか」

自分《じぶん》で自分《じぶん》の頭《あたま》をこづいておどけた大原《おおはら》に、わははと見物客《けんぶつきゃく》から笑《わら》い声《ごえ》がおきた。

どうやら大原《おおはら》は、わかっていたのに笑《わら》いをとろうと、わざとまちがえたらしい。

ラッコの不機嫌《ふきげん》そうな態度《たいど》に、少《すこ》し緊張《きんちょう》した会場《かいじょう》の空気《くうき》が、たちまちなごやかになった。

見物客《けんぶつきゃく》たちが、大原《おおはら》を見《み》てほほえんでいるのを見《み》て、カレンは、ふうとためいきをついた。

(さすが前回《ぜんかい》チャンピオン、あんなギャグ一つで、会場全員《かいじょうぜんいん》を味方《みかた》につけるなんて……)

雰囲気《ふんいき》にのまれないようリラックスしなくちゃと、カレンは、首《くび》と肩《かた》をぐるぐるまわした。

「さてそれでは、そろそろ決勝《けっしょう》ラウンド始《はじ》めるぜ！　答《こた》えがわかったら、テーブルの上《うえ》の赤《あか》いボタンをおすんだ。早《はや》いもん勝《が》ちだぜ。心《こころ》の準備《じゅんび》はいいかい。では第《だい》一問《もん》」

カレンは、ごくりと息《いき》をのんだ。

「寿司《すし》の原型《げんけい》といわれ」

ピンポーン
「えっ!?」

問題《もんだい》の途中《とちゅう》なのに、だれかが、いち早《はや》くボタンをおした。

大原《おおはら》……ではなく、ラッコだ。

「えー、本当《ほんとう》にわかったの。ではお答《こた》えください」

「ふな寿司《ずし》」

「正解《せいかい》！」

おーっ、と会場《かいじょう》がどよめいた。

カレンも、ふな寿司《ずし》のことは知《し》っていた。寿司《すし》の原型《げんけい》で、琵琶湖《びわこ》のフナを使《つか》ってつくることだって知《し》っていた。しかし、まだ問題《もんだい》の途中《とちゅう》。このタイミングで、ボタンをおす勇気《ゆうき》はなかった。

目《め》を丸《まる》くしたままとなりを見《み》ると、ラッコは、それほどうれしそうでもなく、しかめっ面《つら》でボタンに手《て》をのせ、次《つぎ》の問題《もんだい》を待《ま》っている。

（そうだ。まだ次《つぎ》があるんだ。次《つぎ》こそわたしが答《こた》えなくちゃ）

カレンは、なんとか気持《きも》ちを切《き》りかえて、右手《みぎて》をボタンの上《うえ》にのせた。

「さあラッコちゃんが一歩《ぽ》リードだ。ほかの二人《ふたり》もがんばるんだぜ。では第《だい》二問《もん》」

チャーリー浜崎《はまざき》が、声《こえ》をはりあげた。

「名前《なまえ》からは、まったく味《あじ》が想像《そうぞう》できないご当地《とうち》グルメで、おからを」

ピンポーン
なんとボタンをおしたのは、さっきと同《おな》じラッコ。稲光《いなびかり》のようなスピードだ。

「おー！　またしてもラッコちゃんだぜ。答《こた》えをどうぞ」

「ゼリーフライ」

すべてわかっているという口調《くちょう》だった。

「正解《せいかい》！　すげー！」

チャーリー浜崎《はまざき》は、まるで自分《じぶん》が正解《せいかい》したかのように、こぶしをつきあげガッツポーズをした。

「あれだけのヒントで、どうしてわかるの。信《しん》じられない……」

まったく手《て》も足《あし》も出《で》ないと、カレンは思《おも》った。

「くっそー！　わかってたのに」

大原《おおはら》が、テーブルをバンとたたいてくやしがった。

数分前《すうふんまえ》まで、今日《きょう》の主役《しゅやく》のような顔《かお》をしていた大原《おおはら》が、あっという間《ま》に脇《わき》役《やく》になってしまっていた。

チャーリー浜崎《はまざき》がいった。

「ちなみにラッコちゃん、ゼリーフライというのは、どんな食《た》べ物《もの》かわかるかな」

「もちろん。埼玉県行田市《さいたまけんぎょうだし》で食《た》べられている、おからを丸《まる》くして揚《あ》げた、コロッケのような食《た》べ物《もの》で、ソース味《あじ》が特徴《とくちょう》。名前《なまえ》の由来《ゆらい》は、小判《こばん》に似《に》た形《かたち》という意味《いみ》で、銭《ぜに》フライとよばれていたのが、なまったといわれてるの。でも、ほんとのところは、はっきりしないみたいね」

「うーん、完璧《かんぺき》。大正解《だいせいかい》だぜ！」

ためいきまじりの、チャーリー浜崎《はまざき》の言葉《ことば》に、カレンもただただうなずくことしかできなかった。

「さて、ラッコちゃんの快進撃《かいしんげき》で、予想以上《よそういじょう》のスピードで、選手権《せんしゅけん》が進《すす》んでいるぜ。はたしてこのままラッコちゃんが三問連続正解《もんれんぞくせいかい》でにげきるのか。はたまた崖《がけ》っぷちの二人《ふたり》の、奇跡《きせき》の大逆転《だいぎゃくてん》が始《はじ》まるのか」

カレンは、ふうとためいきをついた。

(このままじゃ、優勝《ゆうしょう》できない。とにかく次《つぎ》の問題《もんだい》、なにがなんでもあの子《こ》より早《はや》くボタンをおさなくちゃ)

気合《きあ》いをこめてカレンは、ボタンに指《ゆび》をのせた。すると。

「さあ次《つぎ》の問題《もんだい》はお待《ま》ちかねの『この味《あじ》なーに?』。毎年恒例《まいとしこうれい》の目《め》かくし味《あじ》見《み》クエスチョンだぜ」

「えっ!?」

カレンは、思《おも》わず声《こえ》をあげてしまったが、かまわずチャーリー浜崎《はまざき》は、説《せつ》明《めい》を始《はじ》めた。

「解答者《かいとうしゃ》のみなさんに目《め》かくしをして、一口《ひとくち》だけ料理《りょうり》を食《た》べていただく。それでその料理《りょうり》がなんなのかを、答《こた》えてもらうぜ」

カレンが一番不安《ばんふあん》だった問題《もんだい》だ。まさかこのタイミングでくるとは。

(食《た》べたことのある料理《りょうり》が出《で》ますように……)

カレンはそう願《ねが》いながら、用意《ようい》された黒《くろ》い目《め》かくしをつけた。

「さあ、三人《にん》とも目《め》かくしできたかな。では、いちにのさんでスタッフが、同時《どうじ》にみなさんの口《くち》に料理《りょうり》を入《い》れるから、正解《せいかい》がわかったらボタンをおすんだぜ」

カレンは、うんとうなずいた。

横《よこ》に人《ひと》が立《た》つ気配《けはい》がした。カチャカチャと音《おと》がするのは、食器《しょっき》にレンゲが

あたっているんだろう。ということは、ラーメン……いや、スープ的《てき》なもの
かもしれない。
少《すこ》し風《かぜ》がふいているせいか、料理《りょうり》のにおいはまったくしてこない。
「準備《じゅんび》オーケーかな。それでは口《くち》をあけて。いくぜ。いち、にの、さん！」
チャーリー浜崎《はまざき》のかけごえにあわせて、三人《にん》の口《くち》に、あたたかなスープが
そそぎこまれた。
（さっぱりした、だし汁《じる》の風味《ふうみ》と、なめらかで、ふくよかな舌《した》ざわり。長崎《ながさき》
ちゃんぽん……ちがうちがう。これはホワイトソース……というよりミルク
そのもの。なんだっけ。これはいつか、食《た》べたことがある……）
カレンの指《ゆび》が、ぴくっと動《うご》いたそのときだ。
ピンポーン！
チャイムの音《おと》が、高《たか》らかに鳴《な》った。

チャーリー浜崎《はまざき》が、興奮《こうふん》した声《こえ》でいった。

「またしてもラッコちゃん。答《こた》えは！」

「奈良《なら》の飛鳥鍋《あすかなべ》。これ、すっごく美味《びみ》ー！」

ラッコの答《こた》えを聞《き》いて、チャーリー浜崎《はまざき》が、ステージのはしにあった白《しろ》い箱《はこ》をぱっと持《も》ちあげた。その中《なか》には、ゆらゆらと湯気《ゆげ》をあげる鍋《なべ》があった。

「正解《せいかい》は、鶏《とり》がらスープのだしに牛乳《ぎゅうにゅう》を入《い》れて煮《に》こむ、奈良県《ならけん》は明日香村《あすかむら》の名物料理《めいぶつりょうり》、飛鳥鍋《あすかなべ》だ。ラッコちゃん大正解《だいせいかい》！　今年《ことし》の子《こ》どもグルメチャンピオンは、なんとなんと、ほかをまったくよせつけない超高速《ちょうこうそく》三問連続正解《もんれんぞくせいかい》の花園楽子《はなぞのらくこ》ちゃんだ！　おめでとー！」

ラッコが、両手《りょうて》をあげてバンザイをすると、ステージの上《うえ》のくす玉《だま》が、パーンとはじけて紙吹雪《かみふぶき》が舞《ま》いちった。

「わかってたのに～」

大原《おおはら》が、頭《あたま》をかきむしりながらさけんだ。

そしてカレンも、目《め》かくしをはずすと、紙《かみ》吹雪《ふぶき》が舞《ま》いちる青空《あおぞら》を、ためいきをついて、あおぎ見《み》たのだった。

7　ラッコからの挑戦状《ちょうせんじょう》

「すごいよ、カレン。決勝《けっしょう》まで残《のこ》ったんだから。がんばったよ。すごいすごい」

表彰式《ひょうしょうしき》を終《お》え、記念《きねん》メダルを首《くび》からさげてステージからおりてきたカレンに、幸路《ゆきじ》が笑顔《えがお》でかけよってきた。

「んー、でもくやしいよ。答《こた》えわかったのに。本当《ほんとう》に、もう少《すこ》しだったのに」

カレンは、泣《な》きそうになるのをこらえようと、手《て》のひらでほおをおさえた。

そんなカレンの肩《かた》に手《て》を置《お》き、ママも、うんうんとうなずいた。

「どこまでやれるかと思《おも》っていたけど、半月《はんつき》ほどの勉強《べんきょう》で、ここまでやったんだからがっかりすることないわ。たしかに残念《ざんねん》だったけど、去年《きょねん》のチャンピオンだって、手《て》も足《あし》も出《で》なかったんだもの、相手《あいて》が強《つよ》すぎたのよ」

ママの優《やさ》しい言葉《ことば》に、カレンの目《め》から、がまんしていた涙《なみだ》があふれてきた。

「でも、負《ま》けは負《ま》け。優勝《ゆうしょう》できなかったから、目標《もくひょう》の子《こ》どもグルメチャンピオンには、なれなかったよ……」

つぶやくように、カレンはいった。すると。

「うん、その通《とお》り、負《ま》けは負《ま》けだ」

腕《うで》を組《く》んだパパが、カレンの前《まえ》に立《た》ちはだかった。

「子《こ》どもグルメチャンピオンになれなかったんだから、なんの肩書《かたが》きもないカレンの提案《ていあん》を、社《しゃ》で検討《けんとう》するのは無理《むり》ということだ」

「あ……うん」

カレンは、くちびるをぎゅっとかみしめた。

「社長《しゃちょう》、そんなきびしいこと、今《いま》いわなくたっていいじゃないですか。カレンのがんばり見《み》てたでしょ。少《すこ》しぐらいほめてあげてくださいよ」

幸路《ゆきじ》が、顔《かお》を真《ま》っ赤《か》にして抗議《こうぎ》した。

でも、カレンは首《くび》を横《よこ》にふった。

「ユキネエ、いいの。これは約束《やくそく》だったんだから。ほめてもらっても、結果《けっか》は変《か》わらないいんだから……」

カレンは記念《きねん》メダルを首《くび》からはずすと、幸路《ゆきじ》が持《も》っていてくれたデイパックに、丸《まる》めてつっこんだ。

「だけどカレン、いくらなんでも」

まだ気持《きも》ちのおさまらない幸路《ゆきじ》は、口《くち》をとがらせカレンの手《て》をにぎった。

「うーん、ただ……なあ」

パパはくるりと背《せ》を向《む》けると、ひとりごとにしては、やけに大《おお》きな声《こえ》でいった。

「肩書《かたが》きのある子《こ》といっしょに提案《ていあん》するというならば、事情《じじょう》がちがうというか……可能性《かのうせい》は出《で》てくるけれどなあ。たとえば、子《こ》どもグルメチャンピオンチームからの提案《ていあん》ということならば」

「パパ！」

「社長《しゃちょう》！」

カレンと幸路《ゆきじ》は、顔《かお》を見《み》あわせた。

「ユキネエ、あの子《こ》、どこにいる？」

「表彰式《ひょうしょうしき》のあと、ステージでインタビュー受《う》けてたみたいだけど……」

見《み》まわしたが、インタビューなどとっくに終《お》わっていた。早《はや》くもスタッフたちが、われたくす玉《だま》や解答者席《かいとうしゃせき》を、かたづけはじめている。

幸路《ゆきじ》が、ステージの下《した》で紙吹雪《かみふぶき》をそうじしているスタッフのお兄《にい》さんに、かけよった。

「ねえちょっと、子《こ》どもグルメチャンピオンのあの子《こ》、どこ行《い》ったか知《し》らない？」

すると、お兄《にい》さんは、手《て》に持《も》ったほうきで、すっと会場《かいじょう》の外《そと》をさした。

「あまり時間《じかん》ないみたいで、もう帰《かえ》るっていってたよ」

「えー、そんな！」

カレンと幸路《ゆきじ》は、あわてて会場《かいじょう》を飛《と》びだした。

走《はし》りながらカレンは思《おも》った。

（あのこわい子《こ》、ラッコとチームを組《く》む……わたしに、できるかな）

正直《しょうじき》いうと、かなり不安《ふあん》。なにか話《はな》すとおこられそうだし。でも、今《いま》そんなことをいってる場合《ばあい》じゃない。

あの料理《りょうり》に関《かん》する広《ひろ》い知識《ちしき》と、味《あじ》を見《み》きわめる力《ちから》は、なにより魅力的《みりょくてき》だ。

ラッコと協力《きょうりょく》したならば、きっと素晴《すば》らしいメニューをつくりだせるはず。

そうだよね。

カレンは、自分《じぶん》で自分《じぶん》にうんとうなずいた。

先《さき》に進《すす》むために、とにかくラッコをさがさないと。

「駅《えき》に、行《い》ってみよう」

カレンがいうと、幸路《ゆきじ》があっとさけんで立《た》ちどまった。

「えっ、なに？」

「あそこにいるの、そうじゃない？」

幸路《ゆきじ》は、駅《えき》の入《い》り口《ぐち》の手前《てまえ》にある、バス停《てい》を指《ゆび》さした。そこに女《おんな》の子《こ》が一人《ひとり》、ぽつんと立《た》っていた。

「あ、あのショートボブ、まちがいないよ。おーいおーい！」

カレンはさけびながら、バス停《てい》に立《た》つ女《おんな》の子《こ》にかけよった。ところがだ。

「ん……なあに？」

まったりとした口調《くちょう》でいいながら、ゆっくりふりかえったその子《こ》の顔《かお》を見《み》たとたん、カレンは、ぎょっとして立《た》ちどまった。

「あの、あんた、ラッコ……ちゃん？」

カレンは、目《め》をぱちくりした。

その子《こ》はたしかにラッコだった。しかし先《さき》ほどまでの、近《ちか》づくとかみつかれそうな、ぴりぴりした雰囲気《ふんいき》はまったくない。おにぎりをほおばり、にっこりほほえんだ顔《かお》は、まるで人《ひと》なつっこい子犬《こいぬ》のよう。

幸路《ゆきじ》も、ポカンとした顔《かお》で、ラッコを見《み》つめた。

「えっ……ああ、さっきの……えーと、なにか用《よう》？」

ラッコは、もぐもぐとおにぎりを食《た》べながら、カレンを見《み》て首《くび》をかしげた。

「あ、あの……ラッコちゃん、なんというか、さっきまでの雰囲気《ふんいき》とまるで

ちがうから、びっくりしちゃって……」

するると、ラッコは首《くび》をすくめて、うふふと笑《わら》った。

「やっぱ、そう思《おも》われちゃったか。よくいわれるの、わたし。おなかがすいていると、言葉《ことば》づかいがチョーあらくなるって」

「はあ？」

「おなかがふくれているときは『福《ふく》ラッコ』、すいてるときは『鬼《おに》ラッコ』って、いつも友《とも》だちにからかわれてるんだ。気《き》をつけなくちゃいけないなと思《おも》ってるけど、今回《こんかい》はほら、味見《あじみ》の問題《もんだい》出《で》ることとわかってたから、少《すこ》しでも感覚高《かんかくたか》めようと思《おも》って、朝《あさ》ごはん食《た》べてこなかったんだ。でも今《いま》は大丈夫《だいじょうぶ》、おいしい飛鳥鍋《あすかなべ》をいただいたし、おにぎりも食《た》べたしね。うふふっ」

「な、なるほど～」

「ほらカレン、感心《かんしん》してる場合《ばあい》じゃないでしょ」

すっかりラッコのペースにのせられているカレンに、あわてて、幸路《ゆきじ》がいった。

「ああ、そうだった。わたしたち、子《こ》どもグルメチャンピオンのあなたに用《よう》があって来《き》たの」

「わたしに用《よう》？」

「ファミレスチェーン『キッチンおおとり』を立《た》てなおすために、協力《きょうりょく》してほしいんだ」

「ええっ？」

「わたしたちといっしょに、魅力的《みりょくてき》なメニューづくりをしてほしいの」

「あの、どういうこと？」

ラッコは、こめかみに人差《ひとさ》し指《ゆび》をあて、首《くび》をかしげた。

「ああそうだよね。いきなりいっても、わけわかんないね。んーと、『キッチンおおとり』は知《し》ってる？」

「うん。うちの近《ちか》くにもあるよ」

「あ、そうなんだ。知《し》ってるならば、話《はなし》が早《はや》い。簡単《かんたん》にいうと、その店《みせ》にたくさんお客《きゃく》さんが来《き》てくれるような、新《あたら》しいメニューを考《かんが》えようってことなの」

「どうして、そんなことを？」

「わたし、『キッチンおおとり』の社長《しゃちょう》の娘《むすめ》なの。最近《さいきん》売《う》り上《あ》げが落《お》ちて困《こま》っていて、このままじゃ……」

するとラッコが、手《て》を前《まえ》に出《だ》して、首《くび》を横《よこ》にふった。

「うーん、ごめん。なんか難《むずか》しそうだから、ちょっと無理《むり》」

「えっ、でも」

「わたしんち、お店《みせ》やってて、休《やす》みの日《ひ》は手伝《てつだ》っているから、時間《じかん》があんまりないの。今日《きょう》も急《いそ》いで帰《かえ》らないといけないし」

「じゃ、また時間《じかん》のあるとき、家《いえ》に説明《せつめい》に行《い》くから、住所教《じゅうしょおし》えてよ」

「えっ、住所《じゅうしょ》!?」

うーんとうなってラッコは、カレンの差《さ》しだしたボールペンを手《て》にとった。

ラッコは、ちょっと考《かんが》えていたが、ポケットからなにかのチラシをとりだすと、その裏《うら》にすらすらと書《か》きはじめた。

「じゃ、この意味《いみ》がわかったら、家《いえ》に来《き》て」

ラッコはいいながら、チラシをカレンに手《て》わたした。

チラシの裏《うら》には住所《じゅうしょ》ではなく、こんな一文《いちぶん》が書《か》かれていた。

〝ゆくたびの　一路《いちじ》もどれば　思《おも》いだす
すそのもみじに　いわし雲舞《ぐもま》う〟

「短歌《たんか》……だね」

後《うし》ろからのぞいて、幸路《ゆきじ》がいった。

「これって、どういうこと。住所《じゅうしょ》は？」

「そこにみんな書《か》いてあるから、じゃあ」

ラッコは、それだけいうと、ちょうどやってきたバスにぴょんと飛《と》びのった。

「あ、あの、ちょっと待《ま》ってラッコちゃん、もう少《すこ》しヒントを……」

あわててカレンはいったが、バスのドアは、あっけなくプシューととじた。

そして窓《まど》ごしに小《ちい》さく手《て》をふるラッコを乗《の》せて発車《はっしゃ》してしまった。

残《のこ》されたカレンと幸路《ゆきじ》は、ラッコの書《か》きおいた謎《なぞ》の短歌《たんか》を、もう一度見《どみ》つめた。

「なにこれ……これが住所《じゅうしょ》って、どういう意味《いみ》なの？」

二人《ふたり》は同《おな》じ言葉《ことば》をつぶやき、深《ふか》いためいきをついたのだった。

8 手《て》がかりをさがせ！

教室《きょうしつ》に入《はい》ると和香《のどか》が、かけよってきた。

「『子《こ》どもグルメ選手権《せんしゅけん》』、残念《ざんねん》だったね。決勝《けっしょう》まで残《のこ》ったらしいじゃん」

「えっ、もう知《し》ってるの。情報早《じょうほうはや》いね」

カレンは、結果《けっか》をだれにも話《はな》してなかったので、目《め》をぱちくりした。

和香《のどか》は、あははと笑《わら》った。

「だって浮間《うきま》が、自分《じぶん》の活躍《かつやく》みたいに話《はな》してまわってるから。もうみんな知《し》ってるよ」

「えー!?」

ぐるりと教室《きょうしつ》を見《み》わたすと、教卓《きょうたく》の前《まえ》で猿田《さるた》たちとしゃべっていた浮間《うきま》が、カレンに気《き》づいてピースをした。

カレンは、ためいきをついて、なにも見《み》なかったことにした。

「でも準優勝《じゅんゆうしょう》なんだから、十分《じゅうぶん》すごいよ。わたしも応援《おうえん》に行《い》けばよかった」

「いやー、でもね。相手《あいて》がすごすぎた。問題《もんだい》の途中《とちゅう》で答《こた》えちゃうから、あれじゃ、歯《は》が立《た》たないよ。それはともかく、ノンタ、ちょっとこれ読《よ》んで」

カレンはそういって、ランドセルから例《れい》のチラシをとりだした。

和香《のどか》は、まゆをよせてそれを読《よ》むと、首《くび》をかしげた。

「〝ゆくたびの　一路《いちじ》もどれば　思《おも》いだす　すそのもみじに　いわし雲舞《ぐもま》う〟

これって、俳句《はいく》じゃなくって、短歌《たんか》っていうんだよね」

「どこかで見《み》おぼえない」

「うーん、ないなあ。これがどうしたの？」

「実《じつ》は、子《こ》どもグルメチャンピオンになった子《こ》から……」

バス停《てい》でラッコからこれをわたされたときのことを、カレンはすべて話《はな》した。

「これがそのチャンピオンの住所《じゅうしょ》って、どういうこと」

「それがわかんないから、困《こま》っているんだって」

「うーん……そうだカレン、興津先生《こうづせんせい》に聞《き》いてみたら。あの先生《せんせい》なら、なにかわかるかも」

和香《のどか》にいわれて、カレンも、ああそうかと思《おも》った。興津先生《こうづせんせい》は四年《ねん》一組《くみ》の担任《たんにん》の先生《せんせい》。趣味《しゅみ》で小説《しょうせつ》を書《か》いていて、芥川賞《あくたがわしょう》をねらっているといううわさもある。

「あー、なるほど。先生《せんせい》なら知《し》ってるかも」

昼休《ひるやす》みを待《ま》って、カレンは和香《のどか》といっしょに職員室《しょくいんしつ》をたずねた。

興津先生《こうづせんせい》は、難《むずか》しい顔《かお》をして、なにやら本《ほん》を読《よ》んでいた。耳《みみ》に赤《あか》ペンをはさんでいるけど、なぜか手《て》にも赤《あか》ペンを持《も》っている。

「ん、二人《ふたり》そろってなんだ？」

とつぜんやってきたカレンたちを見《み》て、興津先生《こうづせんせい》は、きょとんとした顔《かお》をした。

カレンは、手《て》に持《も》ったチラシを見《み》せながらいった。

「この短歌《たんか》のこと、先生《せんせい》知《し》ってますか」

「ん……？」

チラシを手《て》にとると、興津先生《こうづせんせい》は、真剣《しんけん》な顔《かお》でそれを読《よ》んだ。

「これって、どういう意味《いみ》なんですか」

カレンがたずねると、興津先生《こうづせんせい》は、んーっとうなり、持《も》っていた赤《あか》ペンで頭《あたま》をぽりぽりかいた。

「どういう意味《いみ》かと聞《き》かれれば、まあそうだなあ。旅先《たびさき》で昔《むかし》のことをふいに思《おも》いだしたとでもいうか……」

「先生《せんせい》は、知《し》りませんか」

カレンがたずねたが、興津先生《こうづせんせい》は、腕《うで》を組《く》んで首《くび》をひねった。

「さーて、初《はじ》めて見《み》たけどねえ」

「ということは、有名《ゆうめい》な短歌《たんか》じゃないということですか」

「うーん。少《すく》なくとも、だれもが知《し》ってる短歌《たんか》ではないね。特別上手《とくべつじょうず》な歌《うた》とも思《おも》えないし。で、なんなんだ、これは」

逆《ぎゃく》に興津先生《こうづせんせい》が、たずねてきた。

カレンは、横目《よこめ》で和香《のどか》を見《み》て、小《ちい》さな声《こえ》でつぶやいた。

「だめみたい」

「そうだね」

和香《のどか》は、肩《かた》をすぼめて、手《て》のひらを上《うえ》に向《む》けた。

「えっ、なんだ。なにがだめだって」

興津先生《こうづせんせい》はたずねたが、カレンと和香《のどか》は、ふうとためいきをつき、ぺこりと頭《あたま》をさげた。

「どうも、ありがとうございました」

「え、ちょっと、な、なにこれ？」

よびとめる興津先生《こうづせんせい》を残《のこ》して、二人《ふたり》は職員室《しょくいんしつ》をあとにしたのだった。

その後《ご》カレンは、クラスの友《とも》だちにも聞《き》いてみたが、だれもが首《くび》をかしげるばかり。結局《けっきょく》、学校《がっこう》では、なんの手《て》がかりも得《え》ることはできなかったのだった。

「いったいなんなんだろう。この短歌《たんか》」

家《いえ》に帰《かえ》るとカレンは、宿題《しゅくだい》そっちのけで、パソコンを使《つか》って、インターネットになにか情報《じょうほう》が出《で》てないか調《しら》べてみた。きのうもスマホで調《しら》べたが、なにも見《み》つからなかったので、さほど期待《きたい》していなかったが、やはりヒントになりそうなものは見《み》つからない。

「しかたない、ママにたずねてみるか……」

カレンは、パソコンをシャットダウンすると、一階《かい》のリビングへおりていった。

リビングではママが、テレビのバラエティの再放送《さいほうそう》を見《み》て、アハハと大笑《おおわら》いをしていた。

ハンカチで目《め》じりの涙《なみだ》をふいてるママに、カレンはいった。

「ねえ、これどういう意味《いみ》かわかる？」

「ん、宿題《しゅくだい》なの？」

半分笑《はんぶんわら》い顔《がお》のまま、ママはたずねた。

「宿題《しゅくだい》じゃないんだけど、ちょっと読《よ》んで」

カレンが差《さ》しだしたチラシを手《て》にして、ママは、急《きゅう》に真面目《まじめ》な顔《かお》になった。

「〝ゆくたびの　一路《いちじ》もどれば　思《おも》いだす　すそのもみじに　いわし雲舞《ぐもま》う〟

……もみじだから、秋《あき》の歌《うた》ね。思《おも》いだすといってるぐらいだから、その場所《ばしょ》に旅《たび》をするのは今回初《こんかいはじ》めてではない。きっと素敵《すてき》な思《おも》い出《で》があるところなんだろうね。ママもね、秋《あき》の京都《きょうと》って、ちょっと旅行《りょこう》してみたいと思《おも》ってるけどね」

「京都《きょうと》？　これって京都《きょうと》のことを歌《うた》っているの」

おどろいてカレンがたずねると、ママはアハハと笑《わら》って手《て》をふった。

「あー、ちがうちがう。和歌《わか》って、なんだか雅《みやび》な雰囲気《ふんいき》あるじゃない。それでなんとなく、そう思《おも》っただけ」

「なーんだ。変《へん》なこといわないでよ。ラッコって、京都《きょうと》の人《ひと》だったのかと思《おも》ったよ。あー、おどろいた」

ママもまた、この短歌《たんか》のことは、なにも知《し》らないらしい。

カレンは、ママからチラシをとりもどすと、ふうとためいきをついた。

部屋《へや》にもどってスマホを見《み》ると、幸路《ゆきじ》からメールが届《とど》いていた。

「なにか、わかったのかな」

期待《きたい》して、カレンはメールを開《ひら》いた。

「例《れい》の短歌《たんか》の件《けん》、いろいろ調《しら》べてみたけど、さっぱりわかんないよ。有名《ゆうめい》な人《ひと》が、よんだ歌《うた》ではないみたいだね。わかることは、もみじがきれいな場所《ばしょ》のことをよんだらしいということだけ。とりあえず次《つぎ》の休日《きゅうじつ》、もみじの名所《めいしょ》に、手《て》がかりをさがしに行《い》ってみない？」

幸路《ゆきじ》も、お手上《てあ》げの状態《じょうたい》のようだ。

カレンは、まゆにしわをよせると、メールにひとこと「ＯＫ」とだけ書《か》いて送信《そうしん》した。

「人《ひと》に聞《き》いてわからないなら、自分《じぶん》で答《こた》えをさがしに行《い》くまでだ……それにしてもいったいどういう意味《いみ》なの、これ」

カレンはチラシを机《つくえ》の上《うえ》に置《お》き、腕《うで》を組《く》んで短歌《たんか》を見《み》つめた。

9　一路《いちじ》もどれば……？

「あー、やっと着《つ》いた～」

高尾山口駅《たかおさんぐちえき》の改札《かいさつ》の前《まえ》で、カレンは、んーっと両手《りょうて》をあげて伸《の》びをした。

後《うし》ろからやってきた幸路《ゆきじ》も、やれやれといった顔《かお》で、ひたいの汗《あせ》をハンカチでぬぐっている。

「うわさには聞《き》いていたけど、こんなに電車《でんしゃ》が混《こ》んでると思《おも》わなかった。まるで通勤電車《つうきんでんしゃ》に乗《の》ってるみたいだったね」

「山登《やまのぼ》りって、ブームなの？」

カレンがたずねると、幸路《ゆきじ》は首《くび》をかしげた。

「さーて、どうなんだろう。ただ高尾山《たかおさん》は、パワースポットとしても有名《ゆうめい》だし、あの有名《ゆうめい》なミシュランガイドで三《み》ツ星《ぼし》をもらったほどの観光地《かんこうち》だから、やってくる人《ひと》が多《おお》いのもしかたないかな。山登《やまのぼ》りといっても、ケーブルカーで途中《とちゅう》まで登《のぼ》ることもできるし、お手軽《てがる》だからつい来《き》ちゃうのかもね」

「もみじの季節《きせつ》じゃないのに」

「まあ、そうだね」

今《いま》は五月《がつ》。ゴールデンウィークが終《お》わったばかりでは、もみじの名所《めいしょ》の高《たか》尾山《おさん》も、さすがに葉《は》っぱは緑色《みどりいろ》をしていた。

「それでこれから、どうするの。とりあえず高尾山《たかおさん》に、登《のぼ》ってみようか」

駅前《えきまえ》の大《おお》きな案内地図《あんないちず》を見《み》あげながら、カレンはたずねた。

しかし幸路《ゆきじ》は、ブルブルと首《くび》を横《よこ》にふった。

「いや、ちょっと待《ま》って。どこかで少《すこ》し休憩《きゅうけい》しようよ。新宿《しんじゅく》からずっと立《た》ちっぱなしだったから、つかれちゃった」

「えー、もう休憩《きゅうけい》？　まだ一歩《ぽ》も山《やま》に登《のぼ》ってないじゃん」

高尾山《たかおさん》を指《ゆび》さし、カレンはいった。でも幸路《ゆきじ》は、首《くび》を横《よこ》にふった。

「なにいってるの。わたしたちの目的《もくてき》は山登《やまのぼ》りじゃないんだから。ほら、あの短歌《たんか》に『すそのもみじ』って言葉《ことば》があったよね。それって、山《やま》のふもとのもみじって意味《いみ》だよね」

「あーそういえば、たしかに！」

おどろくカレンを見《み》て、幸路《ゆきじ》は得意《とくい》げにうなずいた。

「でしょ。山《やま》を登《のぼ》る前《まえ》に、まずはじっくりふもとから調査《ちょうさ》しなくっちゃね。だからまずは休憩《きゅうけい》、休憩《きゅうけい》。近《ちか》くにおいしいパンケーキのお店《みせ》とかないかな」

「う、うーん……」

なんだか幸路《ゆきじ》に、うまくいいくるめられた気《き》がしないでもなかったが、しかたない。

山《やま》へ向《む》かう人《ひと》たちとは逆方向《ぎゃくほうこう》、国道《こくどう》の方《ほう》に向《む》かって、カレンと幸路《ゆきじ》は歩《ある》いていった。

橋《はし》をわたり、国道《こくどう》にそって歩《ある》いていくとコンビニがあり、さらにその向《む》こうに喫茶店《きっさてん》らしい赤《あか》い看板《かんばん》が見《み》えた。

「あ、向《む》こうにお店《みせ》がある。あまりおしゃれじゃなさそうだけど、あそこで休憩《きゅうけい》しよっ」

いいながら幸路《ゆきじ》は指《ゆび》さしたのだが、店《みせ》の名前《なまえ》を読《よ》んでみて、カレンはドキンとした。

「ユキネエ！　あの店《みせ》『旅路《たびじ》』って名前《なまえ》。ねえ、そうだよね」

「え？」

〝ゆくたびの　一路《いちじ》もどれば　思《おも》いだす

すそのもみじに　いわし雲舞《ぐもま》う〟

短歌《たんか》の中《なか》にある二つの単語《たんご》、「たび」と「路《じ》」を組《く》みあわせた名前《なまえ》。

カレンと幸路《ゆきじ》は、顔《かお》を見《み》あわせた。

「ひょっとして、もう見《み》つけちゃったかも」

カレンと幸路《ゆきじ》は、大《おお》きくうなずくと、喫茶店《きっさてん》を目《め》ざしてかけだした。

「やっぱり『旅路《たびじ》』だ」

店《みせ》の前《まえ》に立《た》ち、カレンはもう一度看板《どかんばん》を見《み》た。何度読《なんどよ》んでも、そう書《か》いてある。

明《あか》るいグリーンにぬられた、切《き》りたった三角《さんかく》の屋根《やね》が、古《ふる》めかしくもあり、なつかしくもある。入《い》り口前《ぐちまえ》に五つもならべられたアロエの鉢植《はちう》えは、喫茶店《きっさてん》というより、ふつうの家《いえ》のようだったが、ドアにはちゃんと〝営業中《えいぎょうちゅう》〟の札《ふだ》がさがっていた。

「ラッコ、いるかな？」

深呼吸《しんこきゅう》を一つしてから、カレンは、幸路《ゆきじ》といっしょにドアをくぐった。

ガランとカウベルの音《おと》が鳴《な》ったが、お店《みせ》の人《ひと》の声《こえ》は聞《き》こえない。

「本当《ほんとう》に営業中《えいぎょうちゅう》？」

カレンがユキネエにたずねると、カウンターの奥《おく》の方《ほう》から声《こえ》がした。

「今行《いまい》きます、はーい、はいはい」

少《すこ》しハスキーな声《こえ》がしたかと思《おも》ったら、ピンク色《いろ》のエプロンをした坊主頭《ぼうずあたま》のおじいさんが、のれんの向《む》こうから出《で》てきた。このお店《みせ》のマスターらしい。

「いらっしゃい。お好《す》きな席《せき》にどうぞ」

「あ、はい」

手前《てまえ》の一番日当《ばんひあ》たりのいい席《せき》にしようかとカレンは思《おも》ったが、そのテーブルには、五十音表《おんひょう》がプリントされた下敷《したじ》きと、ペンケースと学習《がくしゅう》ノートが置《お》いてあった。

「勉強《べんきょう》していたあとだね。ユキネエ、やっぱり、ここにラッコが……！」

「うん、きっとそうだね」

そのとなりのテーブルに、二人《ふたり》はすわることにした。

しばらくすると、にこにこ笑《わら》って、おじいさんが、水《みず》とおしぼりを運《はこ》んできた。

コップを置《お》きながら、おじいさんがなにかをいおうとしたが、その前《まえ》に幸《ゆき》路《じ》がいった。

「あの、ちょっとおうかがいしたいのですが、わたしたち、人《ひと》をさがしているんです」

「ん……いったい、だれを？」

急《きゅう》に真顔《まがお》になったおじいさんに、幸路《ゆきじ》は、あわてていった。

「あっ、いえいえ、いきなりですみません。実《じつ》はわたしたち、先日《せんじつ》の子《こ》どもグルメ選手権《せんしゅけん》のチャンピオンをさがしてましして……」

幸路《ゆきじ》はいいながら、名刺《めいし》をすっとおじいさんに差《さ》しだした。

「はあ……ん、んん？『キッチンおおとり』の方《かた》、ほう、あんた……」

受《う》けとった名刺《めいし》と幸路《ゆきじ》の顔《かお》を、何度《なんど》も交互《こうご》に見《み》ては、おじいさんはうなずいた。

「そうなんだ。ぱっと見《み》た感《かん》じ、ぜんぜんわかんないねえ」

「え？」

幸路《ゆきじ》が首《くび》をかしげると、おじいさんがいった。

「いやー、あんた、はなれて見《み》たら、ぜんぜん男《おとこ》に見《み》えないよ」

「男《おとこ》？」

「幸路《こうじ》って、名刺見《めいしみ》なけりゃ、ずっと女《おんな》だと思《おも》ってたよ。あはははは」

「は？」

幸路《ゆきじ》は、目《め》をぱちくりして、笑《わら》うおじいさんを見《み》た。

「あのー、ちがうんですけど」

「ああ、〝こうじ〟じゃなくて、〝ゆきみち〟さん？」

「これ〝こうじ〟でも〝ゆきみち〟でもなくて、〝ゆきじ〟と読《よ》むんです。

わたし、れっきとした女《おんな》ですから」

「へ？」

表情《ひょうじょう》がかたまったおじいさんを見《み》て、カレンは、頭《あたま》をぽりぽりかいた。

「そりゃユキネエ、しかたないって。あの字《じ》を見《み》せられたら、〝こうじ〟と読《よ》むのかなって思《おも》われても、しかたないじゃん」

「そういうことじゃ、ないんだけどなあ」

口《くち》をとがらせている幸路《ゆきじ》はほっておいて、カレンはとなりのテーブルを指《ゆび》さし、おじいさんにたずねた。

「すみません。さっきもいいましたが、わたしたち子《こ》どもグルメ選手権《せんしゅけん》のチャンピオンをさがしているんです。そちらのテーブルにノートや下敷《したじ》きが置《お》きっぱなしになってますが、ひょっとして、ラッコちゃんがすわっていたのではないですか？」

おじいさんは、きょとんとして、散《ち》らかったままのテーブルを見《み》た。

「ああ、また出《だ》しっぱなしにして。かたづけてから遊《あそ》びに行《い》けと、いつもいっているのになあ。店《みせ》を手伝《てつだ》ってやるとか、えらそうにいうくせに、これじゃ、じゃましているようなもんだ」

「お店《みせ》を手伝《てつだ》うっていうことは、やっぱりこの店《みせ》、ラッコちゃんの……！」

目《め》をかがやかせて、カレンはいった。しかし。

「ラッコちゃん？　ここにいたのはうちの孫《まご》の英彦《ひでひこ》だよ。あいつは、そんなチャンピオンとかいう、立派《りっぱ》なものじゃないよ」

おじいさんは、下敷《したじ》きとノートを手《て》に持《も》って笑《わら》った。

「あー、ラッコの家《いえ》じゃないんだ……」

カレンはためいきをついて、おじいさんの持《も》った下敷《したじ》きに、なんとなく目《め》をやった。そのときだ。

「あれっ？　ちょっと……それって？」

カレンの頭《あたま》の中《なか》で、なにかがピカッとひらめいた。

下敷《したじ》きの五十音表《おんひょう》には、赤《あか》いマジックでいたずら書《が》きがしてあった。この店《みせ》の名前《なまえ》「た」と「び」と「じ」に赤丸《あかまる》がつけてあったのだ。

「どうしたのカレン？」

「あのね、ほら、『た』の前《まえ》の文字《もじ》って『そ』。『び』の前《まえ》の文字《もじ》って『ば』

なんだよ。今《いま》その下敷《したじ》き見《み》て、ふいに気《き》づいたの」

「ん、どういうこと。あの……すみません、ちょっとそれ貸《か》していただけますか」

「あっ、ああ、メニュージャなくて、これ？　べつにいいけど」

幸路《ゆきじ》は、おじいさんから下敷《したじ》きを受《う》けとると、テーブルに置《お》いた。そしてカレンといっしょに、『た』と『び』を指《ゆび》さした。

「そうだね。『た』の前《まえ》が『そ』というのは、行《ぎょう》がちがうからわかりにくいけど、たしかに一字前《じまえ》の文字《もじ》は『そ』だね」

「一字前《じまえ》にもどる……いちじもどる……一路《いちじ》もどれば。これって、あの短歌《たんか》の言葉《ことば》」

「えっ、まさか！」

幸路《ゆきじ》は短歌《たんか》の中《なか》の言葉《ことば》「ゆくたび」を、順番《じゅんばん》に一字《じ》ずつもどって指《ゆび》さした。

「『ゆ』の前《まえ》は『や』、『く』の前《まえ》は『き』、『た』の前《まえ》は『そ』で、『び』の前《まえ》は『ば』、全部《ぜんぶ》つなげると」

「や・き・そ・ば、焼《や》きそばだ！」

「つまりそういうこと。焼《や》きそばとわかれば、あとは簡単《かんたん》。『すそのもみじ』は、お皿《さら》のはしの紅《べに》しょうが、『いわし雲《ぐも》』というのは、上《うえ》からふりかけるイワシの粉《こな》、だし粉《こ》のこと」

「ああ、そうか。だし粉《こ》ってたしか、青海苔《あおのり》やサバ節《ぶし》などを混《ま》ぜたイワシの煮干《にぼ》しの粉《こな》だもんね」

「だし粉《こ》をかける焼《や》きそばといえば、もう一つしかない。富士宮《ふじのみや》やきそば！」

「すっごいよ、カレン！」

幸路《ゆきじ》はうんとうなずいた。

「富士宮《ふじのみや》やきそばに決定《けってい》だね」

すると、横《よこ》で聞《き》いていたおじいさんが、つるりとした頭《あたま》をなでながら口《くち》をはさんだ。

「いやー、それはちょっと困《こま》るなあ」

「えっ、ど、どうして？」

おじいさんは、壁《かべ》にはられたお品書《しなが》きを指《ゆび》さした。

「ほら見《み》てよ、うちの店《みせ》。とろろそばはあるけれど、焼《や》きそばはやってないんだよなあ。とろろじゃだめかなあ。とろろ、うまいよ」

「と……とろろ？」

困《こま》った顔《かお》をしているおじいさんを前《まえ》に、カレンと幸路《ゆきじ》は、顔《かお》を見《み》あわせ、ぷっとふきだしたのだった。

10 短歌《たんか》の正体《しょうたい》

「わーユキネエ、あれ富士山《ふじさん》？ そうだよね、すっごく大《おお》きく見《み》える。ああそうだ、写真《しゃしん》とらなきゃ、写真《しゃしん》、写真《しゃしん》」

駅《えき》からつながるペデストリアンデッキの上《うえ》で、一人《ひとり》で大《おお》さわぎしながら、カレンはスマホをバッグからとりだした。

ここは静岡県《しずおかけん》の富士宮市《ふじのみやし》。先週《せんしゅう》、高尾山《たかおさん》で解《と》いたラッコのくれた短歌《たんか》の謎《なぞ》の答《こた》え、富士宮《ふじのみや》やきそば誕生《たんじょう》の地《ち》だ。

今度《こんど》こそラッコに会《あ》えると思《おも》って、カレンたちは、電車《でんしゃ》を乗《の》りつぎやってきた。

「ラッコの家《いえ》って、やっぱり焼《や》きそば屋《や》さんなのかな」

カレンがたずねると、どこで手《て》に入《い》れたのか、幸路《ゆきじ》は「富士宮《ふじのみや》まち歩《ある》きまっぷ」という一枚《まい》の地図《ちず》をとりだし、開《ひら》いて見《み》せた。

「いちおう、主《おも》な焼《や》きそば屋《や》さんの店《みせ》の名前《なまえ》は、来《く》る前《まえ》に調《しら》べたけれど、花《はな》園楽子《ぞのらくこ》を連想《れんそう》させるような名前《なまえ》の店《みせ》はなかったね」

「手《て》がかりなしか。じゃあやっぱり、一軒《けん》ずつまわって聞《き》いていくしかないんだ〜」

カレンは、幸路《ゆきじ》の持《も》った地図《ちず》をのぞきこみながら、はぁとためいきをついた。

「でもカレン、小学《しょうがく》四年生《ねんせい》にしてご当地《とうち》グルメにチョーくわしいという、あの子《こ》のキャラなら、地元《じもと》ではけっこう有名人《ゆうめいじん》かもよ」

「うーんたしかに……」

カレンは、「子《こ》どもグルメ選手権《せんしゅけん》」のときのラッコのことを、思《おも》いうかべた。ふてぶてしい顔《かお》つきで、問題《もんだい》をいいおわらないうちに、どんどん正解《せいかい》を答《こた》えてしまうあの子《こ》なら、有名《ゆうめい》だったとしてもおかしくない。

ましで、今年《ことし》の子《こ》どもグルメチャンピオンなのだ。テレビ放送《ほうそう》はされなかったようだけれど、選手権《せんしゅけん》のあと、どこかの取材《しゅざい》を受《う》けていた。新聞《しんぶん》や雑《ざっ》誌《し》なんかで、紹介《しょうかい》されたかもしれない。

「なんだか急《きゅう》に、すぐ会《あ》える気《き》がしてきたよ」

「だと、いいけどね」

富士宮駅《ふじのみやえき》から十分《ぷん》ほど歩《ある》き、商店街《しょうてんがい》をぬけると、川《かわ》の向《む》こうに大《おお》きな赤《あか》い鳥居《とりい》が見《み》えた。

幸路《ゆきじ》がいった。

「あれが富士山本宮浅間大社《ふじさんほんぐうせんげんたいしゃ》。噴火《ふんか》する富士山《ふじさん》をしずめるため、火《ひ》の神《かみ》、浅間《あさまの》大神《おおかみ》をまつっているの。日本中《にほんじゅう》にある浅間神社《あさまじんじゃ》の総本社《そうほんじゃ》、つまり中心《ちゅうしん》なのよ」

「へー、ユキネエくわしいね」

「実《じつ》は、学生時代《がくせいじだい》に来《き》たことがあってね」

そういえばと、カレンは思《おも》った。大学生《だいがくせい》のころ幸路《ゆきじ》は、日本中《にほんじゅう》を旅《たび》しておいしいものを食《た》べに行《い》く「全国《ぜんこく》グルメ旅《たび》サークル」とかいうのに入《はい》っていたと聞《き》いたことがある。

「ヒッチハイクして、あちこち食《た》べあるいてたんだっけ」

「まあ、そんな感《かん》じだね。富士宮《ふじのみや》に来《く》るのは、三年《ねん》ぶりかなあ」

そういいながら幸路《ゆきじ》は、浅間大社《せんげんたいしゃ》に向《む》かって歩《ある》きはじめた。

「おまいりでもするの？」

カレンがたずねると、幸路《ゆきじ》は、ちがうちがうと首《くび》をふった。

幸路《ゆきじ》についていくと、浅間大社《せんげんたいしゃ》の向《む》かいに、「お宮横丁《みやよこちょう》」と標識《ひょうしき》が立《た》つ、小《ちい》さな公園《こうえん》みたいなスペースがあった。入《い》り口《ぐち》には「富士宮《ふじのみや》やきそば」「富士宮《ふじのみや》やきそば学会《がっかい》」と書《か》かれたオレンジ色《いろ》ののぼりが、お祭《まつ》りみたいに立《た》ちならんでいる。

「この富士宮《ふじのみや》やきそば学会《がっかい》というのが、プロデュースしたおかげで、富士宮《ふじのみや》やきそばが、全国的《ぜんこくてき》に知《し》られるようになったんだよ」

「へー」

「そんなわけで、とりあえずは富士宮《ふじのみや》やきそばで、腹《はら》ごしらえといきますか」

「やった！」

カレンが、ぴょんと飛《と》びあがったそのときだ。

プルルルル……

幸路《ゆきじ》のスマホに、電話《でんわ》がかかってきた。

「はい、あっ、桃子《ももこ》ちゃん。大丈夫《だいじょうぶ》なの。今《いま》どこに、ええっ、ああやっぱりそうだよね。残念《ざんねん》……えー本当《ほんとう》に！　うんうん、あ、わかった。ありがとう。助《たす》かるよ。うんうんお大事《だいじ》に。また」

電話《でんわ》を終《お》えると幸路《ゆきじ》は、店《みせ》の前《まえ》のテーブルで焼《や》きそばを食《た》べている人《ひと》たちを見《み》つめていたカレンの肩《かた》を、わしっとつかんだ。

「ごめんカレン、ここで焼《や》きそば食《た》べてられなくなった」

「え、え、な、なに？」

「あの短歌《たんか》をつくった人《ひと》に、会《あ》えるかもしれない」

「えっ！」

幸路《ゆきじ》はそういうと、ちょうど通《とお》りかかったタクシーを、手《て》をあげて止《と》めた。

「行《い》くよ、カレン」

「うん、なにがなんだかわかんないけど、とにかくわかった」

カレンはうなずくと、ばたばたと幸路《ゆきじ》のあとからタクシーに乗《の》りこんだ。

商店街《しょうてんがい》をぬけ、コンビニのある角《かど》を曲《ま》がり、ゆるゆるとした坂道《さかみち》を、タクシーは走《はし》っていく。

「さっきの電話《でんわ》は？」

カレンがたずねると、幸路《ゆきじ》はいった。

「ああ、富士宮《ふじのみや》に住《す》んでる友《とも》だち。本当《ほんとう》は今日《きょう》いっしょにまわってくれるはずだったんだけど、きのうの夜《よる》から熱《ねっ》が出《で》て動《うご》けないって。そのかわり何人《なんにん》かの知《し》り合《あ》いに、ラッコや、あの短歌《たんか》に心《こころ》あたりないかって聞《き》いてくれてたらしいの」

「それで、短歌《たんか》をつくった人《ひと》がわかったってわけ？」

「うん。彼女《かのじょ》も確認《かくにん》したわけじゃないけれど、そのお店《みせ》に行《い》けば、きっとわかるって」

「ラッコの家《いえ》というわけじゃ、ないのかな」

「それは行《い》ってみないとわからないね」

タクシーは、小《ちい》さな川《かわ》をわたり、広々《ひろびろ》とした住宅地《じゅうたくち》へ入《はい》っていった。

さっきまでの、お店《みせ》がならんだにぎやかな感《かん》じはない。この先《さき》どれだけ走《はし》るのだろうと思《おも》ったところで、ふいにタクシーは止《と》まった。

「ここ?」

「そうみたいね」

タクシーをおりて、カレンは見《み》た。

赤《あか》いのれんがさがった、こぢんまりとしたお店《みせ》だった。入《い》り口《ぐち》の上《うえ》には、「焼《や》きそば　たかさご」とかかれた、一枚板《まいいた》の看板《かんばん》がはりつけてある。

「お昼《ひる》から時間《じかん》ずれちゃったから、すいてるかも」

ユキネエの言葉《ことば》に、カレンのおなかがキューと鳴《な》った。

「あー、すいてるのはおなかの方《ほう》だよ。とにかく入《はい》ろう」

のれんをくぐると、いらっしゃーいという明《あか》るい声《こえ》が聞《き》こえた。

出《で》てきたのは、赤《あか》いメガネをかけた真《ま》ん丸《まる》の顔《かお》のおばさんだった。ひょっとして、ラッコのお母《かあ》さんだろうか。

カレンは、おばさんの顔《かお》をまじまじと見《み》つめたが、あまり似《に》てない気《き》がした。

「お二人《ふたり》さまね」

うなずく幸路《ゆきじ》の横《よこ》で、カレンは、なにかラッコにつながるヒントはないかと、店《みせ》の中《なか》をぐるりと見《み》わたした。手前《てまえ》にテーブル席《せき》、奥《おく》には座敷席《ざしきせき》がある。

お客《きゃく》さんたちは楽《たの》しそうに話《はな》し、だれもが焼《や》きそばを食《た》べている。

しかし子《こ》どももグルメチャンピオンの優勝《ゆうしょう》メダルも、新聞《しんぶん》の切《き》りぬきも、なにも見《み》つからない。またちがうかもと、カレンは少《すこ》し不安《ふあん》になった。

二人《ふたり》は、一つだけあいていたテーブル席《せき》に通《とお》された。

「なにはともあれ、まずは腹《はら》ごしらえ」

そういってカレンがメニューを開《ひら》いた。すると。

「あー！」

とつぜん幸路《ゆきじ》が、メニューを指《ゆび》さしさけんだ。

「カレン、そのメニュー、表《おもて》にして、あ、いや裏《うら》、いやいや、やっぱり表《おもて》、反対《はんたい》」

「えー、なに、どっち、わかんない」

幸路《ゆきじ》がカレンからメニューをとりあげると、表紙《ひょうし》を上《うえ》に向《む》けて置《お》いた。

「ほら、これ見《み》て！」

「ああっ！」

メニューの表紙《ひょうし》を見《み》て、カレンもさけんでしまった。そこには「焼《や》きそばたかさご」という店《みせ》の名前《なまえ》があったのだが、その下《した》にあの短歌《たんか》、「〝ゆくたびの　一路《いちじ》もどれば　思《おも》いだす　すそのもみじに　いわし雲《ぐも》舞《ま》う〟」もプリントされていたのだ。

「ご注文《ちゅうもん》は、決《き》まりましたか？」

お盆《ぼん》にコップをのせて、さっきのおばさんが、テーブルにやってきた。

カレンが、たずねた。

「どうしてこの短歌《たんか》が、こんなところに書《か》いてあるんですか？」

おばさんは、きょとんとした顔《かお》で、腰《こし》を半分《はんぶん》うかせているカレンと、メニューの表紙《ひょうし》を指《ゆび》さす幸路《ゆきじ》を、交互《こうご》に見《み》つめた。

「ああそれ。それは、この店《みせ》をひらいた先代《せんだい》の店主《てんしゅ》、つまりわたしの父《ちち》がつくったキャッチフレーズなの」

「キャッチフレーズ？」

「短歌《たんか》が趣味《しゅみ》でね。焼《や》きそばのことをよんだっていうんだけど、なんだかよくわかんないわよね」

笑《わら》うおばさんに、今度《こんど》は幸路《ゆきじ》がたずねた。

「ラッコちゃんというか……花園楽子《はなぞのらくこ》さんをさがしているのですが、ひょっとしてここは」

花園《はなぞの》という名《な》を聞《き》いて、おばさんの目《め》が、大《おお》きく開《ひら》いた。

「えっ、花園楽子《はなぞのらくこ》さんって……たしか花園《はなぞの》さんの娘《むすめ》さんの名前《なまえ》よね。あなたたち、花園《はなぞの》さんのお知《し》り合《あ》いなの！」

「えっ？」

カレンと幸路《ゆきじ》は顔《かお》を見《み》あわせた。

「……ということは、ここは花園《はなぞの》さんの店《みせ》じゃなくて」

幸路《ゆきじ》が問《と》うと、おばさんは、ひらひらと手《て》をふり笑《わら》った。

「いやだ、ちがうちがう。花園《はなぞの》さんは、ずっと前《まえ》、もう五年近《ねんちか》くたつかしら。しばらくここで働《はたら》いていたけど、今《いま》は東京《とうきょう》よ」

「と、東京《とうきょう》？」

おばさんに向《む》かって、カレンと幸路《ゆきじ》は、同時《どうじ》にさけんだ。

「そこの住所《じゅうしょ》、ごぞんじですか！」

11

旅《たび》は終《お》わり、そしてまた……

「次《つぎ》は終点《しゅうてん》、門前仲《もんぜんなか》……」

都《と》バスのアナウンスが終《お》わらないうちに、カレンは、窓《まど》わくの降車《こうしゃ》ボタンをピッとおした。

「あのときも、このぐらい早《はや》くボタンおしてれば、グルメチャンピオンになれたかもね」

「なにいってんだか。終点《しゅうてん》なんだからボタンおさなくたって止《と》まるのに」

「えー、そうなの」

顔《かお》をしかめたカレンのとなりで、幸路《ゆきじ》がくすくすと笑《わら》った。

ゆるゆるとバスは停留所《ていりゅうじょ》に止《と》まり、二人《ふたり》はおりると、あたりをぐるりと見《み》わたした。

「それにしても、門前仲町《もんぜんなかちょう》とはね」

カレンがいうと、幸路《ゆきじ》はうんと深《ふか》くうなずいた。

「ほんと、もっと素直《すなお》に考《かんが》えればよかったのにね。お台場《だいば》から都《と》バスを使《つか》って帰《かえ》るということは、近《ちか》くに住《す》んでいるに決《き》まってる。こんなことに気《き》づかないなんて、どうかしてたよ」

幸路《ゆきじ》の言葉《ことば》に、カレンも、うんうんとうなずいた。

「もうこの近《ちか》くだよね」

カレンが問《と》うと、スマホを見《み》ながら幸路《ゆきじ》が答《こた》えた。

「ハンバーガーショップがあって、その次《つぎ》の角《かど》を一本入《ぽんはい》ったところ」

「あー、あそこじゃない？」

カレンが指《ゆび》さす先《さき》、道《みち》のはしに四角《しかく》い看板《かんばん》がひかえめに置《お》かれていた。そこには「郷土料理《きょうどりょうり》　花園《はなぞの》」と書《か》かれている。

「見《み》つけた！　今度《こんど》こそ、まちがいないね」

うなずくと二人《ふたり》は、小《ちい》さな看板《かんばん》にかけよった。

「ラッコ、いるかな？」

つぶやくようにいった、そのときだ。

「すいません。今準備中《いまじゅんびちゅう》なんですよー。ランチタイムは二時《じ》までなんで、お食事《しょくじ》は夕方《ゆうがた》の五時《じ》から……」

後《うし》ろから、聞《き》きおぼえのある、まったりした声《こえ》がした。

ふりかえると、ずっとさがしつづけていたあの子《こ》が、レジ袋《ぶくろ》をぶらさげて立《た》っていた。

郷土料理
花

「ラッコちゃん！」

「えっ……あ、あれっ……ああ、ひょっとしてあのときの」

「やっと会《あ》えた〜」

思《おも》わずカレンは、ラッコにだきついた。

「え、あれ、どういうこと？」

きょとんとしているラッコに、カレンはいった。

「もう、難《むずか》しい問題《もんだい》出《だ》すから、わたしたち苦労《くろう》したんだから」

「難《むずか》しい問題《もんだい》って……ああ、バス停《てい》でわたした、あの短歌《たんか》のこと？」

「もちろん短歌《たんか》もそうだし、この店《みせ》にたどりつくのに、どれだけ遠《とお》まわりしたことか」

カレンがいうと、ラッコは首《くび》をかしげた。

「だって、この店《みせ》はすぐにわかったでしょ。あげたチラシに住所《じゅうしょ》書《か》いてあるし」

「え、住所《じゅうしょ》？　書《か》いてなかったよ」

カレンは、デイパックから、あの短歌《たんか》の書《か》かれたチラシをとりだした。

「これには短歌《たんか》しか」

ラッコはカレンから、小《ちい》さくたたまれたチラシを受《う》けとると、手《て》にとりひろげた。そしてはらりと裏返《うらがえ》した。

「書《か》いてあるじゃん、ほら」

「なにとぼけたことを……えっ、あっ、なにこれ！」

短歌《たんか》を書《か》いたチラシの裏《うら》、つまりチラシの表側《おもてがわ》には、なんと「全国《ぜんこく》の郷土《きょうど》料理《りょうり》　花園《はなぞの》」と書《か》いてあった。メニュー、住所《じゅうしょ》、電話番号《でんわばんごう》、地図《ちず》までごていねいにのっている。

「えー、つまりこれって、ラッコちゃんの家《いえ》の店《みせ》のちらしだったの〜」

カレンはご当地《とうち》グルメグランプリの会場《かいじょう》で配《くば》られていた、たくさんのチラシの一つだとしか思《おも》っていなかった。

すっかり思《おも》いこんでいたから、短歌《たんか》を見《み》るばかりで、チラシは一度《ど》も開《ひら》いてなかったのだ。

カレンと幸路《ゆきじ》は二人《ふたり》いっしょに、小《ちい》さな看板《かんばん》に手《て》を置《お》いて、へなへなとしゃがみこんだ。

「大丈夫《だいじょうぶ》、二人《ふたり》とも？」

目《め》をぱちくりして、ラッコがたずねた。

「大丈夫《だいじょうぶ》もなにも、わたしたち、富士宮《ふじのみや》の『焼《や》きそば　たかさご』まで、わざわざ行《い》ったんだから」

「えー、富士宮《ふじのみや》まで行《い》ったの！」

「そりゃそうよ。あの短歌《たんか》が富士宮《ふじのみや》やきそばのことをよんだ歌《うた》だとわかったからには、現地《げんち》まで行《い》くしかないってね」

胸《むね》をはってカレンがいうと、幸路《ゆきじ》もうんとうなずいた。

「わたしたち、『たかさご』のおかみさんにいろいろうかがったの。おかげで短歌《たんか》の謎《なぞ》も、ラッコちゃんがなぜ、あんなにご当地《とうち》グルメにくわしいのかも、すべてわかったわ」

「ええっ!?」

カレンは、おどろいた顔《かお》をしているラッコを、びしっと指《ゆび》さした。

「花園楽子《はなぞのらくこ》、あなたのお父《とう》さんは、料理研究家《りょうりけんきゅうか》であり、幻《まぼろし》の料理人《りょうりにん》ともよばれている花園一本《はなぞのいっぽん》。そしてあの短歌《たんか》は、花園一本《はなぞのいっぽん》が富士宮《ふじのみや》やきそばの修業《しゅぎょう》に行《い》った店《みせ》『焼《や》きそば　たかさご』の先代《せんだい》の店主《てんしゅ》が、富士宮《ふじのみや》やきそばへの思《おも》いをこめて考《かんが》えた、お店《みせ》のキャッチフレーズだね！」

ラッコはあごをひくと、目《め》をぱしぱしと、しばたたいた。

「どう、完璧《かんぺき》でしょ」

鼻高々《はなたかだか》のカレンに、ラッコはまったりした口調《くちょう》でいった。

「へえー、キャッチフレーズ。そうだったんだ。知《し》らなかった」

「はあ？」

「あの短歌《たんか》、ずっと昔《むかし》、お父《とう》さんが焼《や》きそばつくりながらいつもつぶやいていたから、おいしくなる呪文《じゅもん》かなんかだと思《おも》ってたんだ」

カレンと幸路《ゆきじ》は、二人手《ふたりて》をとりあって、またしてもへなへなとしゃがみこんだ。

「もう、まじっすか」

「なんだー。謎《なぞ》を出《だ》したラッコちゃん本人《ほんにん》も、よくわかってなかったの〜。信《しん》じられなーい」

幸路《ゆきじ》のさけびに、ラッコは肩《かた》をすくめた。

「えーと、ごめんなさーい。そんなに苦労《くろう》させるとは思《おも》ってなくって……。でも、お父《とう》さんの知《し》らなかったこと、少《すこ》し知《し》ることができてうれしかったよ。うちのお父《とう》さん、あんまり家《いえ》にいないから」

ラッコは、ちょっとさびしそうに笑《わら》った。

そういえばと、幸路《ゆきじ》がたずねた。

「ラッコちゃんのお父《とう》さんというか、花園一本《はなぞのいっぽん》って、わたしが二人《ふたり》と同《おな》じくらいの年齢《ねんれい》だったころは、よくテレビに出《で》てたんだよね。でも、いつごろから か、ぜんぜん見《み》なくなって……最近《さいきん》どうしてるの。今《いま》の話《はなし》じゃ、このお店《みせ》をやっているわけじゃないみたいね」

ラッコは、ちらりとお店《みせ》をふりかえった。

「この店《みせ》はお母《かあ》さんと、おばあちゃんの二人《ふたり》でやってて、わたしも手伝《てつだ》ってるんだ。お父《とう》さんはふだん家《いえ》にいなくて……」

ラッコは、手《て》に持《も》ったレジ袋《ぶくろ》をゆらして、うーんとうなった。

「単身赴任中《たんしんふにんちゅう》」

「はっ、単身赴任《たんしんふにん》!?」

カレンは思《おも》わず聞《き》きかえした。

ラッコは、えへへと笑《わら》った。

「冗談冗談《じょうだんじょうだん》。お父《とう》さんはね、日本中《にほんじゅう》の料理《りょうり》をすべてきわめるために、あちこちの料理屋《りょうりや》さんに住《す》みこみで働《はたら》いているみたいで、今《いま》どこにいるか、はっきりとわからないんだ」

「連絡《れんらく》ぜんぜんとれないの。スマホとか、持《も》ってないの?」

幸路《ゆきじ》がたずねたが、ラッコは首《くび》を横《よこ》にふった。

「持《も》ってないなあ。半年《はんとし》に一度《ど》くらい、そのとき住《す》んでいるところからハガキがぺらっと届《とど》くだけ。もう三年近《ねんちか》く会《あ》ってないかな……」

あきれたように、ラッコは話《はな》した。

「子《こ》どもグルメ選手権《せんしゅけん》もね。テレビとか新聞《しんぶん》とかに出《で》られれば、お父《とう》さんに元気《げんき》でいるとこ見《み》せられるかなあ、あんなお父《とう》さんだけど、たまにはわたしのこと思《おも》いだしてもらいたいなって思《おも》ってたんだけど、テレビの取材《しゅざい》もなかったし、想像《そうぞう》してたより反響《はんきょう》なくて、ちょっとがっかり」

「ラッコちゃん……」

苦笑《にがわら》いするラッコを見《み》て、カレンは胸《むね》がきゅっと苦《くる》しくなった。

カレンとは、またちがった理由《りゆう》だけど、ラッコにも、チャンピオンにならなくちゃいけないわけがあった。そして結局《けっきょく》二人《ふたり》とも、本当《ほんとう》の目的《もくてき》を、まだはたせていない。

カレンは、ラッコの手《て》をにぎった。

「わたしたちと、いっしょにやらない」

「え？」

目《め》を丸《まる》くしたラッコに、カレンはいった。

「おぼえてないかもしれないけど、わたし、『キッチンおおとり』の社長《しゃちょう》の娘《むすめ》なの。最近少《さいきんすく》なくなってきたお客《きゃく》さんをよびもどそうと、全国《ぜんこく》のだれもがおいしいっていってくれるような、新《しん》メニューを、つくろうとしているとこなんだ。それでラッコちゃんには、新《しん》メニューづくりに協力《きょうりょく》してもらう。そのかわり、わたしたちといっしょに、ご当地《とうち》グルメの研究《けんきゅう》にも、ついてきてもらう」

なるほどと、幸路《ゆきじ》がいった。

「つまり、そうしたらラッコちゃんのお父《とう》さんにも、どこかできっと出会《であ》えるんじゃないかってことね」

「そういうこと。ねえラッコちゃん、どう。それぞれの目的《もくてき》のために、いっしょにがんばろうよ」

カレンは、ラッコの目《め》をまっすぐ見《み》つめた。

「それぞれの目的《もくてき》のために……」

ラッコの瞳《ひとみ》が、一瞬《いっしゅん》かがやいた。だけど、すぐまた光《ひかり》が消《き》えた。

「あっ、うん。いい話《はなし》……おもしろそうとは思《おも》うけど、店《みせ》を手伝《てつだ》わずに日本《にほん》中《じゅう》とびあるくほど、お金《かね》も時間《じかん》も……」

すると幸路《ゆきじ》が、ぽんと肩《かた》をたたいた。

「ああ、交通費《こうつうひ》とかのことなら、会社《かいしゃ》から出《だ》すから、ラッコちゃんは、なんの心配《しんぱい》もしなくていいのよ。もし留守中《るすちゅう》のお店《みせ》の手伝《てつだ》いがたりないというのなら、アルバイトの手配《てはい》だってするわ。もちろんその日当《にっとう》も『キッチンおおとり』が出《だ》すから大丈夫《だいじょうぶ》よ」

「えー、だけど、なぜそんなに……」

カレンはいった。

「それくらいは当然《とうぜん》。『キッチンおおとり』をピンチから救《すく》うため、子《こ》どもグルメチャンピオンとしての料理《りょうり》の知識《ちしき》と、味《あじ》を見《み》きわめるたしかな舌《した》の力《ちから》で、アドバイスしてほしいんだ。勝手《かって》なこととはわかっているけど、たのみの綱《つな》はラッコちゃんしかいないの。お願《ねが》い」

そういってカレンは、右手《みぎて》を差《さ》しだした。

ラッコは、しばらくその手《て》を見《み》つめていた。

「やっぱり、ダメかな?」

カレンがつぶやくと、ラッコはゆっくり両手《りょうて》をのばし、カレンの右手《みぎて》をつつみこんだ。

「わかった。協力《きょうりょく》するよ。お母《かあ》さんにも説明《せつめい》してもらわなくちゃいけないけど、さっきの話《はなし》なら、きっと大丈夫《だいじょうぶ》と思《おも》う。いっしょに新《しん》メニュー考《かんが》えよう」

「やったー！」

「ありがとう、ラッコちゃん！」

ラッコに飛《と》びついたカレンに、幸路《ゆきじ》が、さらにだきついた。

「ラッコちゃんをさがす旅《たび》は、これで終《お》わったけれど、これからまた新《あたら》しい旅《たび》が始《はじ》まるんだね」

カレンの言葉《ことば》を聞《き》いて、ラッコがにんまりといった。

「ではまあ、顔《かお》あわせということで、開店前《かいてんまえ》ではありますが、うちでお茶《ちゃ》などいかがですか。ちょうど京都《きょうと》からとりよせた、おいしい生八《なまや》つ橋《はし》が入《はい》ったところです。特別《とくべつ》にお安《やす》くしときますよ。会議《かいぎ》ということならば、会社《かいしゃ》の経《けい》費《ひ》で落《お》ちるんですよね」

「あらー、ラッコちゃん、ちゃっかり、しっかりしてるー」

「わーい！　生八《なまや》つ橋《はし》食《た》べたーい」

「お母《かあ》さーん、お客《きゃく》さんだよ。五時《じ》まで特別貸《とくべつか》し切《き》りでお願《ねが》い！」

幸路《ゆきじ》が両手《りょうて》をあげておどろいている間《あいだ》に、カレンはラッコに手《て》をひかれて、お店《みせ》へ入《はい》っていったのだった。

ご当地《とうち》グルメ

物語《ものがたり》を読《よ》んでから見《み》てね！

しもつかれ

⇩50ページ

栃木県《とちぎけん》を中心《ちゅうしん》とした北関東《きたかんとう》の郷土料理《きょうどりょうり》で、塩《しお》ザケの頭《あたま》、いり大豆《だいず》、だいこん、にんじんなどを酒粕《さけかす》で煮《に》こんだもの。二月《がつ》の初午《はつうま》につくり、赤飯《せきはん》といっしょに稲荷神社《いなりじんじゃ》にそなえて無病息災《むびょうそくさい》を祈《いの》った。

ゼリーフライ

⇩78ページ

埼玉県行田市《さいたまけんぎょうだし》の名物料理《めいぶつりょうり》。じゃがいもに、おから、にんじん、たまねぎなどを加《くわ》えて小判形《こばんがた》にし、衣《ころも》をつけずに油《あぶら》であげたもの。「銭《ぜに》フライ」とよばれていたのがなまって「ゼリーフライ」になったといわれる。

おいしさいろいろ！ 全国《ぜんこく》

飛鳥鍋《あすかなべ》

➡ 82ページ

奈良県《ならけん》飛鳥地方《あすかちほう》の郷土料理《きょうどりょうり》。鶏《とり》がらのだし汁《じる》に牛乳《ぎゅうにゅう》を加《くわ》えて、鶏肉《とりにく》や野菜《やさい》を煮《に》こんだ鍋《なべ》もの。飛鳥時代《あすかじだい》に唐《とう》（中国《ちゅうごく》）から来《き》た僧侶《そうりょ》が、ヤギの乳《ちち》で鍋料理《なべりょうり》をつくったのがはじまりともいわれている。

クリーミーで、とってもまろやか〜。
ラッコに負《ま》けた思《おも》い出《で》の料理《りょうり》。フクザツだけど、やっぱりおいし〜い♥

富士宮《ふじのみや》やきそば

➡ 120ページ

静岡県富士宮市《しずおかけんふじのみやし》で親《した》しまれていた焼《や》きそばを、地域《ちいき》おこしに役立《やくだ》てようと「富士宮《ふじのみや》やきそば」と名《な》づけたもの。おもな特徴《とくちょう》は、専用《せんよう》のめんを使《つか》い、肉《にく》かすを加《くわ》え、だし粉《こ》（→p120）をふりかけるなど。

めんにコシがあって、食《た》べごたえバツグン。
だし粉《こ》も、いい味《あじ》出《だ》してる〜。

●あとがき●

ふたつの栄養《えいよう》

次良丸《じろまる》 忍《しのぶ》

みなさんは、どんな食《た》べ物《もの》が好《す》きですか？

カレーライス？　お寿司《すし》？　それともラーメン、ハンバーガーかな？

世《よ》の中《なか》には、本当《ほんとう》に数《かぞ》えきれないほどの料理《りょうり》がありますね。

それにしても、どうして人《ひと》は食《た》べ物《もの》を、焼《や》いたり煮《に》たり、あれこれ調味料《ちょうみりょう》をかけてみたりして、料理《りょうり》をつくって食《た》べるのでしょうか。

いろいろ理由《りゆう》はあるでしょうが、きっと料理《りょうり》して食《た》べる方《ほう》が、そのままよりおいしくて食《た》べやすく、消化《しょうか》など体《からだ》にもいいからだと思《おも》います。

でも体《からだ》のため以外《いがい》にも、理由《りゆう》はあります。

ほら、おいしいものを食《た》べると、ついつい笑顔《えがお》になりませんか。アハハと声《こえ》をあげなくても、ほっこりした、うれしい気持《きも》ちになります。

うれしいというのは心《こころ》が喜《よろこ》んでいる証拠《しょうこ》。つまり、おいしいものは、体《からだ》の栄《えい》養《よう》だけじゃなくて、心《こころ》の栄養《えいよう》にもなるんです。

わたしたちは体《からだ》と心《こころ》、ふたつの栄養《えいよう》がほしくて、わざわざ手間《てま》ひまかけて、料理《りょうり》をつくっているのではないでしょうか。

さてこの物語《ものがたり》は、大手《おおて》ファミレスチェーン店《てん》の社長《しゃちょう》の娘《むすめ》のカレンが、仲間《なかま》たちといっしょに、おいしいご当地《とうち》グルメをたずね、新《あたら》しいメニューをさがすという物語《ものがたり》です。

いったいどこで、どんな料理《りょうり》が、カレンやラッコやユキネエを待《ま》っているのでしょうか。

さあ、三人《にん》といっしょに、ふたつの栄養《えいよう》をさがしに出《で》かけましょう。

ひょっとしたら、あなたの家《いえ》の近《ちか》くにも、たずねていくかも⁉

作者●**次良丸 忍**（じろまる しのぶ）
1963年、岐阜県生まれ。名城大学法学部卒業。『銀色の日々』で第14回新美南吉児童文学賞を受賞。そのほかの作品に『大空のきず』、「れっつ！」シリーズ、「虹色ティアラ」シリーズ、「おねがい♡恋神さま」シリーズなどがある。
http://marujiro.web.fc2.com/

画家●**小笠原智史**（おがさわら ともふみ）
北海道富良野市に生まれる。専門学校を経て、（株）工画堂スタジオに入社。ゲームグラフィックを担当。その後、独立。イラストレーター、デザイナー、漫画家。さし絵作品に「トリシア」シリーズ、「魔界屋リリー」シリーズ、「霊界教室恋物語」シリーズなどがある。
http://ogatom.com/

装丁／ DOMDOM
編集協力／志村由紀枝

グルメ小学生《しょうがくせい》　パパのファミレスを救《すく》え！
作●次良丸 忍　絵●小笠原智史

初版発行—2018年6月

発行所—株式会社 金の星社
〒111-0056 東京都台東区小島1-4-3
電話 03(3861)1861(代表)　FAX.03(3861)1507
ホームページ http://www.kinnohoshi.co.jp
振替 00100-0-64678

印刷——株式会社 廣済堂
製本——牧製本印刷 株式会社

NDC913　ISBN978-4-323-06056-9　159P　19.5cm

Published by KIN-NO-HOSHI SHA, Tokyo, Japan

乱丁落丁本は、ご面倒ですが小社販売部宛にご送付ください。
送料小社負担にてお取替えいたします。